EMILE WATIN

✳

# LE
# Prince Coquelicot

## Mémoires d'une Marionnette

Illustrations de LÉONCE BURRET

PARIS

*Société d'Édition et de Publications*

**Librairie FÉLIX JUVEN**

122, RUE RÉAUMUR, 122

# ÉMILE WATIN

# LE PRINCE COQUELICOT

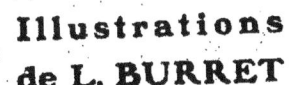

### Illustrations de L. BURRET

PARIS

*Société d'Édition et de Publications*

Librairie FÉLIX JUVEN

*122, Rue Réaumur, 122*

Le
# Prince Coquelicot

## Mémoires d'une Marionnette

# AVANT-PROPOS

## ✶ ✶

L'histoire du prince Coquelicot, chères lectrices et chers lecteurs, est celle d'une marionnette de bois que sa beauté réservait aux plus glorieuses destinées auxquelles puisse prétendre une marionnette, mais que son insupportable vanité et son extravagante coquetterie précipitèrent dans les aventures les plus humiliantes.

Du moins, comme vous le verrez, les épreuves de plus en plus cruelles traversées par notre héros eurent ce résultat heureux de transformer ce fat orgueilleux en un vieux brave homme d'épouvantail, doux et compatissant aux petits oiseaux. Lisez donc avec soin l'histoire du prince Coquelicot et faites-la lire à vos petits amis, auxquels elle pourra être d'un enseignement utile, si, par malheur, ils avaient les vilains travers qui causèrent la déconfiture du prince Coquelicot.

E. W.

PROLOGUE

# Le Prince Coquelicot

## PROLOGUE

\* \*

— Hé là! jeune homme, ne vous gênez pas, pendant que vous y êtes!

Ainsi interpellé à sa grande surprise, le petit Rodolphe suspendit le pillage d'une vigne dans laquelle il s'était faufilé à la nuit tombante, et où il avait déjà cueilli et dévoré pas mal de raisin. Mais il eut beau regarder dans toutes les directions, il n'aperçut âme qui vive aux alentours. Seule, une grande forme singulière se dressait au milieu de la vigne, levant ses bras

Une grande forme singulière se dressait au milieu de la vigne.

au ciel comme des ailes de moulin. Or le petit Rodolphe
savait fort bien que cette silhouette, assez effrayante
dans l'ombre, n'était qu'un épouvantail à moineaux, un
vieux bonhomme de bois drapé de haillons sordides,
coiffé d'un antique chapeau haut de forme, qui jadis
avait dû posséder un certain éclat, mais à présent roussi
par le soleil, terni par les averses, défoncé et aplati en
manière d'accordéon, les bords effondrés, le poil hérissé
en brosse, tel enfin que s'il sortait de la hotte du chif-
fonnier.

En plein jour ce piètre épouvantail n'effrayait même
plus les moineaux, depuis longtemps familiarisés avec
lui.

C'est pourquoi Rodolphe, sans prêter davantage attention à la misérable figure, se demandait avec anxiété
quel être humain avait bien pu proférer les inquiétantes
paroles qui l'avaient si fâcheusement interrompu dans
l'accomplissement de son larcin.

Soudain la voix se fit entendre de nouveau, sac-
cadée et retentissante comme un claquement de
castagnettes; et cette fois le petit voleur eut grand'-
peur : car c'était bien réellement l'épouvantail qui
parlait.

« Oui! oui! disait la voix, c'est moi qui t'appelle!
Ah! mon gaillard, tu ne fais plus le fameux à présent :
tu n'oserais plus, comme en plein jour, cribler de
vieilles pommes pourries ma pauvre figure de bois...

et pourtant, polisson, elle en a reçu bien d'autres dans sa jeunesse... Mais ce n'est pas de ça qu'il s'agit.

« Depuis ton arrivée dans le pays, j'ai observé ta méchante nature ; tu es un de ces petits citadins malfaisants qui ne viennent à la campagne, que pour se moquer des pauvres villageois. Tu te crois supérieur aux petits paysans à cause de tes beaux habits et de ta tête frisée de bébé Jumeau. Eh bien ! je veux t'apprendre qu'il n'est rien de plus bête que d'être orgueilleux de ses beaux vêtements et vaniteux de sa belle mine. Si tu me vois aujourd'hui au milieu de cette vigne, condamné à ce triste métier d'épouvantail, la faute en est à mon stupide orgueil. Et pour que mon exemple te serve de leçon, viens t'asseoir là près de moi ; je vais te raconter mon histoire : puisse-t-elle te guérir à jamais de ta sotte vanité. »

Rodolphe était littéralement abasourdi...

Il avait lu pas mal de ces contes de fées et d'enchanteurs, plus ou moins fantastiques, dans lesquels on voit les objets inanimés, arbres, pierres, fontaines, prendre une existence soudaine et, par la vertu d'un coup de baguette, s'agiter, se déplacer, adresser des discours aux passants exactement comme des êtres de l'espèce humaine.

Mais Rodolphe était un petit bonhomme auquel il n'était pas facile d'en faire accroire.

Comme il n'avait jamais été témoin par lui-même

d'aucun des faits merveilleux dont il lisait les récits dans ses livres d'image, il se disait assez judicieusement que tout cela n'était que de la frime; que rien de tout cela n'était jamais arrivé; enfin que rien de tout cela n'arriverait jamais.

Et puis tout d'un coup voilà qu'à son tour il se trouvait transporté dans un conte de fées; un conte de fées qui se passait pour de vrai et dont il était l'un des héros.

Cette vieille marionnette ridicule dont il s'était tant moqué;

Cette vieille marionnette qu'il avait criblée de mottes de terre et de trognons de choux;

Cette vieille marionnette qui avait jusqu'alors supporté d'aussi outrageantes plaisanteries avec la plus paisible indifférence;

Voilà que cette vieille marionnette se manifestait soudain à lui comme une personne pensante, parlante... et menaçante.

Le petit garnement n'en revenait pas.

Et plein de respect désormais pour l'épouvantail magique, il vint docilement s'asseoir à ses pieds et ouvrit pour l'écouter ses deux oreilles qu'il avait fort grandes... sans doute parce qu'on les lui avait beaucoup tirées.

# CHAPITRE PREMIER

# Mon Engagement
# au Théâtre Fantochard

— Tel que tu me vois, garnement, je n'ai pas toujours eu cette figure effroyable, ces yeux en coquilles de noix, ce nez rongé et aplati, ces joues terreuses et cette énorme bouche où un artiste du hameau a peint de grandes dents pointues.

Je puis même dire que, lorsque je sortis des mains du fabricant, j'étais la plus jolie marionnette qu'on eût jamais vue. Une gracieuse perruque en vrais cheveux ombrageait mon front; mes yeux en faïence, d'un brun tendre et velouté, jetaient sur les personnes et les

Le joli prince Coquelicot.

2

choses des regards enchanteurs; mes joues potelées
s'embellissaient d'une belle teinte rose, de la meilleure
qualité; une fine moustache noire, tracée au ripolin, se
retroussait triomphalement sur mes lèvres d'un rouge
éclatant; enfin, mon torse, garni de son, offrait une
cambrure très séduisante; et mes membres de bois, aux
articulations souples, prenaient, par le jeu de fils invi-
sibles, les attitudes les plus naturelles en même temps
que les plus élégantes.

Il ne me manquait que la parole et elle ne devait pas
me manquer longtemps, puisque j'étais destiné de par
mes charmes et mes mérites à la glorieuse existence
d'artiste dramatique.

Ainsi doué par la nature, je ne tardai pas à être
engagé pour une grosse somme dans le théâtre de
marionnettes du célèbre Fantochard.

Dès le premier jour, je fus présenté à mes nouveaux
camarades.

C'était la première épreuve de la carrière que je venais
d'embrasser et ce n'était pas la moins sérieuse. Les
vieux acteurs sont généralement fort sévères pour les
nouveaux venus, tant ils craignent un débutant dont le
succès éclipserait leur gloire.

Je dois dire que les dames de la troupe m'accueillirent de la façon la plus aimable.

La colombine me fit une révérence; la princesse
daigna s'incliner; la fée me tendit ses doigts à baiser;

la vieille sorcière elle-même me grimaça son plus gracieux sourire; en revanche, la réception des hommes fut glaciale.

Le Polichinelle prononça quelques mots inintelligibles, fronçant les sourcils et agitant les mâchoires, comme s'il

Dès le premier jour, je fus présenté à mes nouveaux camarades.

eût voulu casser une noisette entre son nez et son menton. Cassandre, les mains sur son gros ventre, me salua à peine et me toisa d'un air dédaigneux. Mais surtout le prince Zinzolin, exécrable cabotin, fade et prétentieux, sentant que désormais le rôle de jeune premier m'allait revenir, affecta de ne pas me voir. Même il me tourna

le dos si brusquement, qu'il faillit m'éborgner avec le
fourreau de son épée.

Quant à l'Arlequin, il se montra, au contraire, pro-
digue de compliments, de prévenances et de salamalecs.
Ce qui ne l'empêcha pas, une fois derrière moi, de me
tirer la langue et de m'adresser une série d'autres gestes
des plus injurieux.

L'avouerai-je? Cette attitude hostile me ravit; je la
considérai comme l'hommage involontaire rendu par leur
envie à mon mérite écrasant.

Je fus d'ailleurs renseigné sur le compte de ces drôles
par une charmante petite actrice qui remplissait les emplois de suivante : elle avait la langue fort bien pendue, et,
grâce à elle, je connus à fond le caractère de mes rivaux.

Le Polichinelle était un être vulgaire, grossier, presque
toujours entre deux vins. Cette brute se montrait fort
orgueilleuse des rires qu'elle soulevait dans le public,
sans comprendre qu'elle en était redevable à la laideur
de sa trogne enluminée, à la grotesque difformité de son
dos et de son ventre, et au timbre nasillard de sa voix,
qui tenait à la fois du coassement de la grenouille, du
miaulement du chat et du coin-coin du canard. Il avait
épousé, pour ses économies, une marionnette de la troupe,
passablement mûre, dont le visage de plâtre paraissait
écaillé en maint endroit, tant par l'effet de l'âge, que par
celui des coups de trique dont son mari la régalait chaque
jour après boire.

Pauvre créature! il me semble que je vois encore son dos voûté, sa perruque échevelée, sa face blême, couturée de cicatrices, et le perpétuel bandeau de papier noir qui lui couvrait tantôt l'œil droit, tantôt l'œil

Arlequin me prodiguait les compliments les plus flatteurs.

gauche, parfois même les deux yeux selon que monsieur son époux avait jugé à propos de la gratifier d'une seule gifle ou d'une paire de solides taloches.

Elle empochait tout ça sans rien dire, cette bonne dame; d'ailleurs elle avait tellement pris l'habitude d'être battue qu'elle devait ne plus rien sentir des frot-

tées quotidiennes que lui infligeait cette canaille de Polichinelle.

— Mon mari est un peu vif. Je dois l'avouer, voulait-
elle bien confesser, lorsqu'un camarade compatissant
la ramassait à moitié assommée derrière un vieux
décor; mais en réalité c'est la crème des hommes.

Et l'ignoble Polichinelle répétait avec conviction :

— C'est vrai, je suis la crème des hommes.

Pierrot s'était fait le compagnon de bouteille de ce
misérable; il se traînait à sa suite, morose, efflanqué,
les yeux en billes de loto, la bouche en forme d'O majus-
cule, les mains et les pieds perdus dans les vastes plis de
son vêtement blanc. Sa face de carême semblait n'avoir
plus de traits, tant ils avaient été aplatis par les soufflets
et arrondis sous les couches de céruse, dont on l'endui-
sait à neuf avant chaque représentation. Au moral, c'était
un parfait hypocrite; il prenait des airs penchés et
rêveurs; il composait des sérénades qu'il déclamait à la
lune d'un air inspiré, en s'accompagnant d'une guitare
sans cordes. Mais, si l'un de nous avait le malheur de
s'approcher pour mieux l'écouter, le gredin simulait un
grand geste désolé et, comme par mégarde, lui crevait
sur la tête son abominable instrument.

Au milieu de ces êtres envieux et désagréables, un seul
se montrait tout à fait cordial et sympathique : c'était le
Diable.

Pantin jovial et paisible de sa nature, il s'imposait une

véritable contrainte pour simuler la fureur et la cruauté
que comportait son emploi. On racontait même que, lors
de ses débuts, quand pour la première fois il se vit dans
son royaume infernal, au milieu des damnés hurlants,

Pierrot s'était fait le compagnon de bouteille de ce misérable.

des diablotins grimaçants et des chaudières embrasées,
ce pauvre Diable s'évanouit de sensibilité et de terreur.
D'ailleurs, il n'en voulut jamais convenir et soutint que
sa chute était due à la maladresse du machiniste qui avait
lâché à la fois tous ses fils.

Je fis également la connaissance de Cassandre, ancien

jeune premier, qui en vieillissant avait dû accepter les emplois de pères nobles.

Ce vieux bonhomme quinteux, désagréable, très mal tenu, écœurait tous ses camarades à cause de son mouchoir à carreaux perpétuellement pendant hors de sa poche, et de son infâme tabatière — dite à queue de rat — qu'il gardait toujours ouverte dans sa main droite.

Et avec ça la manie de raconter son histoire à tout le monde : quel ennuyeux raseur cela faisait !

Il y avait encore bien d'autres acteurs, sans compter les actrices, dont je te parlerai à l'occasion. En outre, auprès des premiers et des seconds sujets, s'agitaient un certain nombre de marionnettes à tout faire.

Bien que la plupart du temps leurs rôles fussent insignifiants, ces personnages, surtout les femmes, se montraient très fiers de paraître sept ou huit fois dans la même pièce avec des costumes toujours différents.

On me conseilla fort de les ménager. Car ces figurants et figurantes, tant qu'ils demeurent en scène, où ils n'ont rien à dire, ne songent qu'à imaginer des facéties absurdes, propres à jeter les premiers rôles dans des erreurs ou des accidents ridicules. Faute d'avoir suivi ce sage conseil, je fus, le jour même de mes débuts, victime de la lâche perfidie de toute cette séquelle. Mais, comme tu le verras par la suite, petit bandit, cette méchanceté devait tourner à mon avantage et à leur confusion.

# CHAPITRE II

# Ce qui se passa le Jour de mes Débuts

*Mes Débuts !* Ces mots magiques, gravés en caractères ineffaçables au fronton de ma carrière, font encore tressaillir ma vieille carcasse d'une émotion délicieuse.

J'avais été annoncé sur l'affiche par ce nom de guerre :

La troupe
du
Théâtre Fantochard dans « *Le Mariage de Colombine* ».

« Le Prince Coquelicot » à cause du superbe vêtement de satin cramoisi que je devais revêtir pour la représentation.

La pièce où j'allais paraître pour la première fois

Une cabale, dirigée contre moi, fut organisée entre mes camarades et les figurants qui représentaient les soldats du guet.

s'appelait : *Le Mariage de Colombine.* Deux fiancés s'y disputaient la main de cette charmante fille du père Cassandre : Arlequin et le prince Coquelicot, c'est-à-dire moi-même.

Il va sans dire que le prince Coquelicot était le prétendu préféré.

Arlequin, avec le secours de ses deux valets, Polichinelle et Pierrot, essayait d'infliger au prince les mystifi-
cations les plus cruelles, afin de le ridiculiser auprès de
la gracieuse Colombine. Mais il n'y parvenait pas et à la
fin de la pièce je devais devenir le gendre du vieux
Cassandre, tandis que Polichinelle, Pierrot et leur maître
Arlequin étaient traînés en prison par les soldats du
guet.

Du moins c'est ainsi que j'avais compris la pièce et je
persiste encore au-
jourd'hui à croire
qu'elle avait été réel-
lement écrite ainsi.

Il a fallu une ca-
bale inouïe, une noire
perfidie organisée
entre mes camarades
et les maudits figu-
rants qui représen-
taient les soldats du
guet, pour changer
tout cela au cours de
la représentation, de
façon à me faire jouer
un rôle humiliant,
absurde, et que je
n'aurais certes pas

Curieux d'étudier le public, je jetai un coup
d'œil sur la salle à travers l'ouverture
pratiquée à cet effet dans le rideau.

accepté dans de pareilles conditions si j'avais pu prévoir quelles en seraient les conséquences.

Curieux d'étudier le public auquel je devais avoir affaire, j'allai, avant le spectacle, jeter un coup d'œil

Par une fatalité inconcevable, je trébuchai au premier pas contre le bâton de Polichinelle.

sur la salle, à travers l'ouverture circulaire ménagée à cet effet dans le rideau.

Ah! garnement, quelle admirable assemblée! quel public de choix!

Aux fauteuils, aux banquettes, aux galeries, dans les loges, on apercevait une foule de jolies petites filles aux chevelures brunes ou blondes, toutes bouclées et ornées de rubans multicolores.

Il y avait aussi quantité de garçonnets bien débar-
bouillés, bien coiffés, sérieux comme de petits hommes
qu'ils singeaient déjà : ils boutonnaient leurs gants avec

Selon l'usage, je me tourai vers le public pour saluer.

gravité, lorgnaient dans la salle d'un air important ou
s'enfonçaient dans l'examen du programme — surtout
les plus jeunes qui ne savaient pas encore lire.

Beaucoup de petites mamans avaient amené leurs

filles, charmantes poupées s'il en fut, qui, installées sur le devant des loges, se tenaient très droites et très sages, leurs grands yeux d'émail fixement ouverts sur la scène.

Je dois même dire que ces jeunes personnes en porcelaine ou en biscuit paraissaient bien plus raisonnables et tranquilles que leurs petites mères; elles ne bavardaient pas sans relâche; elles ne regardaient pas avec envie ou dédain la toilette de leurs voisines; elles ne se gavaient pas sans mesure d'oranges, de caramels et de sucre d'orge, jusqu'à en avoir les doigts tout poissés et sales.

De sorte qu'elles n'étaient pas obligées, comme leurs mamans, de demeurer les bras en l'air et les doigts écartés

Pierrot, qui devait me tendre une chaise, la retira juste à l'instant où j'allais m'asseoir.

de peur de tacher leurs robes, dans une position aussi incommode que ridicule.

Cependant je dus quitter la scène où l'on plantait hâtivement le décor, en faisant bien attention de ne pas mêler mes fils avec les cordes et les ficelles qui pendaient dans tous les sens et enveloppaient les coulisses d'une immense toile d'araignée.

Enfin, les trois coups furent frappés.

Le rideau se leva, montrant une place publique avec, sur la droite, la maison de Cassandre. Colombine et Cassandre, son père, étaient déjà en scène, Colombine assise devant la maison, Cassandre se promenant de long en large.

Par une erreur inconcevable, Colombine, au lieu de me lancer son bouquet, me jeta un vase mal odorant qui me coiffa jusqu'aux oreilles.

Après qu'ils eurent échangé quelques mots, je fus averti, par la traction de mes fils, que c'était le moment d'entrer en scène pour présenter mes vœux à Colombine.

3

Mon cœur battait violemment et je fus sur le point de défaillir.

Par une fatalité inconcevable, qui mit le comble à mon émotion, je trébuchai au premier pas en me heurtant contre le bâton de Polichinelle, que celui-ci, sortant de la coulisse en même temps que moi, me glissa perfidement entre les jambes.

Mon apparition n'en fut pas moins saluée par un tonnerre d'applaudissements.

Aussi, selon l'usage, je me tournai vers le public pour saluer.

Mais, dans le mouvement que j'esquissai, je reçus en pleine face un revers de main de cet imbécile de Cassandre, qui avait tendu le bras pour m'indiquer l'endroit où m'attendait son aimable fille. Les applaudissements redoublèrent.

Sans doute le public voulait me consoler de la maladresse de ce butor.

Néanmoins, ces deux accidents successifs m'avaient fort troublé.

Mais par la suite, ce fut pis encore !

Juges-en.

Pierrot, qui devait me tendre une chaise, la retira d'un air rêveur juste à l'instant où j'allais m'asseoir, en sorte que je tombai les quatre fers en l'air.

Comment le machiniste qui tenait mes fils fut-il assez maladroit pour lâcher ceux de mes épaules en même temps qu'il tirait ceux des jambes? C'est encore un mystère pour moi.

Mais, ce qui me stupéfia par-dessus tout, ce fut de voir qu'à chaque erreur de ce genre, dont j'étais toujours

Je fus traîné en prison par les soldats du guet que j'avais appelés pour se saisir d'Arlequin et de ses complices.

l'innocente victime, le public, au lieu de murmurer et de siffler, applaudissait à tout rompre et riait à gorge déployée.

C'est ainsi qu'il applaudit lorsque la stupidité persistante du machiniste me fit choir dans le bassin de la place publique, d'où je sortis ruisselant; car on y avait mis de l'eau véritable.

Il applaudit, lorsque Pierrot, au lieu de tomber mort sous mon coup d'épée, l'évita d'une pirouette et se mit à me rosser avec sa batte.

Il continua d'applaudir quand Colombine, que je suppliais sous sa fenêtre de me lancer son bouquet, me jeta par une erreur inconcevable un vase mal odorant qui me coiffa jusqu'aux oreilles.

Enfin, dans le dernier tableau lorsqu'en place d'obtenir la main de Colombine, je fus traîné en prison par les soldats du guet que j'avais moi-même appelés pour saisir Arlequin et ses complices, ce fut un vrai délire.

Tout le monde battait des mains et criait bravo.

Les jeunes poupées elles-mêmes, jusque-là si réservées, s'étaient levées debout sur leurs bancs et frappaient en cadence leurs menottes l'une contre l'autre.

On criait :

— *Bis ! bis !*

— *Tous ! tous !*

Sur les instances du public, je dus reparaître entre mes deux gardes. Je fus donc ramené en scène, absolument hébété et stupéfait de ce succès colossal remporté dans un rôle rempli d'une façon aussi folle et contraire à la logique.

Ce fut alors, à toutes les places, un rire universel, inextinguible, monstrueux !

Et je crus que la salle allait crouler sous les bravos qui m'accueillirent.

Après le spectacle, Pierrot voulut m'expliquer la chose
à sa manière :

— Voyez-vous, me dit-il, la pièce n'était pas sue du
tout... Elle a été
si peu répétée !

— Mais alors,
lui dis-je, et le pu-
blic ? Il est stu-
pide, alors, le pu-
blic ?

— Ne dites pas
ça, s'écria Pierrot
un doigt sur la
bouche ; ne dites
pas ça, même si
c'était vrai. Mais
non ; le public n'a
pas été stupide. La
réalité est que,
malgré toutes les
erreurs et tous les
accrocs, votre rôle

Sur les instances du public, je dus reparaître
entre deux de mes gardes.

a été si admirablement tenu, votre jeu est toujours de-
meuré si fin, si sûr et si brillant, que le public ne s'est
aperçu de rien, étant suspendu à tous vos gestes.

« Bref, si vous voulez l'humble avis d'un camarade qui
s'y connaît, qui a une vieille expérience des planches,

vous avez été sublime, vous avez sauvé la pièce ! »

Et il se jeta dans mes bras.

Hélas! j'aurais dû me défier de ces paroles dorées.

Mais quel artiste véritable peut demeurer insensible à la louange?

Et même aujourd'hui, où je suis bien revenu de toutes ces vanités, aujourd'hui où je me souviens des tours pendables que m'a joués à diverses reprises cette canaille de Pierrot, j'ai peine à me persuader que ce soir-là il ne fut pas sincère et qu'il n'ait pas dit la vérité.

Néanmoins je voulus réclamer contre la transformation grotesque qu'avait subie mon rôle.

Mais Pierrot me dissuada de cette démarche.

La pièce ayant eu un gros succès, pour rien au monde le directeur n'eût consenti à y changer quoi que ce fût.

Je dus m'incliner devant un argument si fort; et je continuai, dans l'intérêt de la recette, à tomber dans le bassin de la place publique, à être bafoué par Pierrot, rossé par Arlequin et mené en prison par les soldats du guet.

# CHAPITRE III

## Mon apparition la tête en bas

Heureusement, tandis que l'on jouait, chaque soir, *le Mariage de Colombine*, on se mit à répéter une féerie à grand spectacle où j'avais enfin un rôle selon mes désirs, c'est-à-dire tendre, héroïque et glorieux.

C'était celui d'un jeune seigneur, beau comme le jour, qui, à l'aide d'un talisman, don de la fée sa marraine, retrouve et délivre sa fiancée en s'exposant à mille dangers et à mille épreuves redoutables.

Mais ces répétitions furent encore pour moi fertiles en mésaventures.

Soit que les décors aient mal fonctionné, soit que vraiment les machinistes fussent des maladroits, soit qu'il y eût entente sournoise entre eux et mes ennemis, jamais la transformation qui devait s'opérer à mon commandement n'avait lieu. C'était toujours un autre truc qui fonctionnait, tout à fait à contre-temps et pour mon plus grand dommage.

Ainsi, à un moment, entouré de monstres qui veulent me dévorer, je m'écriais :

— Puissante fée Émeraude, par la magie de ce talisman, fais que je disparaisse !

Eh bien, au lieu de disparaître par une trappe qui aurait dû s'ouvrir et qui ne s'ouvrait pas, je recevais sur la tête la moitié d'un rocher qui n'aurait dû se fendre qu'un quart d'heure après, pour laisser passer le Diable. Alors tandis que je m'écroulais sous ce choc inattendu, on apercevait ce brave Diable, qui ne s'attendait pas à paraître sitôt, tranquillement occupé à savourer une pipe, malgré l'interdiction formelle de fumer, affichée dans tous les corridors.

Ou bien encore, au lieu d'être enlevé en l'air par les génies du ciel, c'était un pal, en forme de seringue, qui sortait de terre subitement et m'embrochait de la façon la plus odieuse.

Mais rien ne me fut plus amer que la mauvaise farce que me jouèrent les machinistes, au dernier acte, le jour même de la répétition générale, en présence de MM. les journalistes « dramatiques », dont j'espérais des articles élogieux.

Au début de cet acte, la scène représente un lugubre cachot où la princesse, enchaînée, gémit dans l'attente de son libérateur.

Le libérateur, c'est-à-dire moi, pénètre dans la prison par la voûte, grâce à son talisman ; pendant qu'il des-

— Puissante fée Emeraude, par la magie de ce talisman, fais que je disparaisse.

cend, suspendu par des supports invi-
sibles, un jeu de lumière multicolore
l'accompagne et illumine tout le cachot,
donnant ainsi au sauveur de la princesse
l'aspect flatteur d'une céleste apparition.

Malgré son danger, cette partie de
mon rôle me plaisait par-dessus tout,
parce qu'elle me montrait au public
dans une sorte d'apothéose glorieuse.

Eh bien, donc, le jour de la répétition générale, les misérables s'entendi-
rent pour brouiller le truc qui devait me

Un agent.

descendre. De sorte qu'à l'instant de
mon apparition, j'apparus en effet,
mais..... la tête en bas !

Acteurs, auteurs, journalistes, figurants, souffleur, tout le monde se
tordait !

La princesse Eglantine, une pimbêche, coquette et méchante, qui
était jalouse de mes succès et ne pouvait pas me souffrir, s'évanouit à
force de rire !

Finalement l'un des figurants, qui
représentait un garde, fut tellement
suffoqué par la joie qu'il se laissa

Pandore.

tomber par terre, entraînant avec lui ses cinq camarades; car, dans les théâtres de marionnettes, pour
simplifier les mouvements, tous les figurants qui
doivent agir en même temps sont gouvernés par un
seul fil et font forcément tous ensemble les mêmes mouvements.

Seul, le directeur ne riait pas. Il déclara qu'il flan-
querait à la porte sans rémission le premier qui recom-
mencerait une farce de ce genre.

Cette attitude énergique me sauva, et, le jour de la
première représentation, tout marcha à merveille. Ce
soir-là, je remportai sans contestation possible, le succès
de talent, de jeunesse et de beauté que j'avais souhaité
avec tant d'ardeur.

Au cours des représentations suivantes je devins le
préféré, l'idole, la coqueluche des jeunes spectateurs et
des jeunes spectatrices surtout.

Les poupées du meilleur monde avaient ma photo-
graphie dans leur album et mon photographe fit des
affaires d'or.

A chaque entr'acte, lorsque je me jetais, épuisé de
fatigue, dans la boîte capitonnée de satin qui me servait
de loge et d'appartement, je la trouvais toujours encom-
brée de bouquets et de couronnes.

Enfin mon succès croissant chaque jour, l'épouse du
sieur Polichinelle (cette malheureuse qui remplissait
tous les rôles de vieilles : vieilles reines, vieilles men-

diantes, vieilles sorcières) m'avertit qu'un mariage inattendu se présentait pour moi.

Il s'agissait d'épouser la première poupée de M^{lle} Lucienne G..., la petite fille chérie de Son Excellence le ministre des Formalités publiques.

J'avais en effet remarqué cette poupée, merveilleuse jeune fille, blonde, avec des

La princesse Eglantine, une pimbêche, faillit s'évanouir à force de rire, en me voyant apparaitre la tête en bas.

yeux en émail du bleu le plus pur. Elle ne manquait pas une représentation et ne détournait pas un instant son regard tant que j'étais en scène.

C'était d'ailleurs, m'apprit la vieille, un parti considérable. La jeune personne possédait une garde-robe splendide; un mobilier du dernier style; trois voitures, dont une automobile; de la vaisselle plate en quantité et des bijoux d'une valeur inestimable... Je n'avais qu'un mot à dire; tout cela était à moi!...

La vieille ajoutait tout bas, confidentiellement,

Une insurrection fut sur le point d'éclater à la nouvelle que le ministre menaçait notre directeur d'expulsion immédiate.

qu'une fois dans ces milieux officiels, un brillant avenir s'ouvrait devant mes ambitions; je devais trouver dans la corbeille toutes les décorations qui pourraient flatter mon amour-propre.

La seule condition était de renoncer au théâtre et de prendre rang parmi les poupées de la petite fille du ministre.

Certes, c'était séduisant.

Mais l'amour de mon art l'emporta sur toute ambi-
tion personnelle.

Et puis, dois-je en faire l'aveu? Je ne voulais pas
briser le cœur de ma charmante petite camarade, la

Le ministre dut, pour calmer le peuple, promettre que les représentations
continueraient comme par le passé.

jeune soubrette, qui m'avait fait si bon accueil lors de
mon entrée au théâtre. C'eût été montrer une ingratitude
dont je n'étais pas capable.

Déjà elle avait dû entendre quelques racontars; car
un jour je la surpris pleurant à chaudes larmes, derrière
un décor de rebut qui représentait un vieux château en
ruine, image de son cœur!

A ce spectacle je n'hésitai plus; je fis savoir que je

4

ne voulais plus entendre parler de ce mariage et je jurai
à ma désolée amie que je n'épouserais personne d'autre
qu'elle.

Hélas! qui eût pensé qu'un jour ce serait elle qui me
repousserait?

Mon refus fit un bruit immense! et mon succès s'en
accrut.

Furieux, le ministre menaça notre directeur d'expulsion immédiate. Mais alors une insurrection faillit
éclater.

Le ministre dut, pour calmer le peuple, promettre, du
haut d'une fenêtre de son palais, que les représentations
continueraient comme par le passé.

Le peuple cria :

— Vive le ministre!

— Vive Fantochard!

— Vive le prince Coquelicot!

C'est du moins ce que m'affirmè-
rent Pierrot et Polichinelle, qui lisaient
tous les journaux et se tenaient exactement au courant des affaires publiques.

D'ailleurs, tous ces événements
étaient si naturels que je n'avais aucune raison d'en douter et que je n'en
doutai pas.

Il me semblait qu'après avoir si

Gâtesauce.

noblement refusé la main d'une
héritière, d'ailleurs jeune, belle et
éprise de moi, afin de me consa-
crer uniquement à la culture du
grand art théâtral, pour le plus
grand plaisir du public; qu'après
avoir subi, en raison même de ce
beau geste, les rigueurs et les per-
sécutions d'un puissant ministre;
qu'après avoir déchaîné en ma
faveur le vent de l'émeute sur la
paisible cité dont je faisais les dé-
lices; j'étais en droit de penser
que ma popularité, pour laquelle

Mlle Jolicœur.

le sang avait failli couler, devait être parvenue à son
comble; que, désormais, je serais le dieu unique et
incontesté d'un public idolâtre. Eh bien, non !

Sans doute, lorsque je reparus sur la scène, au lendemain de ces mémorables événements, l'accueil fut
sympathique et relativement chaleureux; sans doute mes
admiratrices aux yeux d'émail, les poupées, me contemplaient avec les mêmes regards d'autrefois grands
ouverts d'admiration.

Mais il y avait loin de ces marques habituelles de bien-
veillance à l'ovation colossale que j'attendais, que mes
camarades les plus envieux m'avaient promise, et que
j'avais conscience de mériter.

Mais il se fait tard, ajouta le brave épouvantail en voyant le soleil disparaître derrière les coteaux environnants. Rentre chez toi, garnement. Tâche d'être simple, bon, gentil avec tout le monde ; et si tu veux connaître la suite de mes aventures, viens me voir demain... à moins qu'il ne pleuve trop fort... Vois-tu, garnement, je n'aime pas la pluie, à cause de mes damnés rhumatismes!

# CHAPITRE IV

# Mon duel avec Polichinelle

Quand Rodolphe s'éveilla le lendemain, son premier souci fut de courir à la fenêtre pour examiner l'état du ciel.

L'épouvantail avait été bon prophète, il pleuvait : de gros nuages couraient à l'horizon, un vilain vent d'ouest secouait les feuillages et courbait les branches. A cette vue, Rodolphe fut d'abord furieux, en songeant qu'il ne pourrait pas aller à la vigne, pour connaître la suite des aventures du mannequin.

Puis, il vint à songer que ce pauvre vieux devait être bien à plaindre, par un temps pareil, exposé sans défense aux rafales du vent et au déluge de la pluie. Certainement ses rhumatismes le feraient souffrir ; cela le rendrait grognon, grincheux, insupportable. Lui d'ordinaire si paisible, il tournerait en grinçant sur son pivot, agitant au gré de la tempête ses bras perclus de douleurs, et les petits oiseaux, nichés dans les platanes du chemin, n'oseraient s'approcher de la vigne et se passeraient de dîner ce jour-là.

Comme on voit, Rodolphe s'améliorait déjà depuis la veille. Sans doute, il n'avait d'abord pensé qu'à sa contrariété de ne pas entendre la fin de l'histoire. Mais, sitôt après, il s'était apitoyé sur des sujets moins personnels; il avait plaint les douleurs de l'épouvantail, et l'estomac vide des moineaux.

Soudain une idée lumineuse lui traversa l'esprit.

Sa bonne tante lui avait abandonné une vieille ombrelle rose à laquelle manquaient quelques baleines, mais dont la soie très résistante, n'était pas percée en plus de trois endroits. Rodolphe tenait beaucoup à cette vieille ombrelle, accessoire indispensable de ses amusements.

Avec ses deux fusils en bandoulière, son pistolet et son sabre passés dans les tirants de ses bretelles, sa tête coiffée d'un vieux chausson de laine blanche, et l'ombrelle déployée par-dessus en guise de parasol, Rodolphe représentait à merveille Robinson Crusoé.

C'était là une de ses distractions favorites et pour cause. Son mauvais caractère avait éloigné de lui tous ses petits camarades; dès lors il était bien forcé de jouer à l'Ile déserte... sans même de sauvages à combattre ni un Vendredi à délivrer, pour lui faire cirer ses bottes par la suite.

Rodolphe, donc, courut à la vigne en emportant son

L'épouvantail avait été bon
prophète : il pleuvait.

propre parapluie et l'ombrelle qu'il attacha tout ouverte
au bras de l'épouvantail.

Fut-ce l'émotion, ou les gouttes de la pluie qui tom-
bait ?... Rodolphe vit distinctement deux grosses larmes
de reconnaissance couler sur la face déteinte du bonhomme
de bois.

— Allons, allons, garnement, je pensais bien que tu
n'étais pas si méchant que tu en as l'air! marmotta le
vieux, d'une voix de crécelle enrouée. Assieds-toi là, sur
cette grosse pierre sèche. Prends une grappe de raisin,
je te le permets pour aujourd'hui, et écoute-moi : je con-
tinue mon histoire.

Comme tu as pu t'en apercevoir, garnement, je n'ai
pas de fausse vanité, Dieu merci. Sans doute, dans ma
première jeunesse, j'ai pu, comme tout le monde, me

faire quelques illu-
sions sur mes mé-
rites ; hélas! les dé-
boires successifs de
mon existence mou-
vementée m'ont bien
guéri de ce fâcheux
travers.

Mais, toute ques-
tion d'amour-propre
mise à part, j'avoue.
qu'à la suite des évé-
nements qui venaient
de se produire, un
légitime orgueil en-
flait ma poitrine de
marionnette.

Sa bonne tante lui avait abandonné une vieille
ombrelle hors d'usage.

Aussi, dès ce jour,

Rodolphe attacha l'ombrelle au bras de l'épouvantail.

je commençai à marquer à mes camarades mon écrasante supériorité en les traitant avec le plus profond dédain, particulièrement Polichinelle.

Polichinelle s'en montra froissé, et s'en vengea comme une véritable brute avinée qu'il était.

Dès lors, je marquai à mes camarades mon écrasante supériorité en les traitant avec le plus profond dédain.

Un soir que, rentrant dans ma loge, j'affectais de ne pas le voir, en passant près de lui, il se précipita sur moi, à l'improviste, et, dans sa fureur d'ivrogne, m'accabla de coups multiples, avant que j'eusse seulement songé à me mettre en défense. Heureusement pour lui, cette excellente pâte de Diable, toujours conciliant et humain, se mit à jouer de la fourche et de la corne : tant et si bien

qu'il parvint à nous séparer, juste au moment où, m'étant
ressaisi, j'allais faire payer cher au malotru la lâcheté
de sa subite agression.

Je sortis de cette lutte crapuleuse, tout couvert de poussière, et tout moulu de coups ; même l'articulation de
ma nuque avait dû être sérieusement endommagée, car
ma tête demeura tordue sur mes épaules, malgré mille
efforts pour la redresser. Il fallut appeler le médecin du
théâtre qui, à l'aide d'un solide massage et de deux ou
trois coups de marteau judicieusement appliqués, parvint
à remettre ma tête en place. Stoïque, je supportai sans
un cri cette douloureuse opération.

— Polichinelle, dis-je ensuite, vous m'avez attaqué
en traître, lâchement, comme un goujat ; vous m'en ren-
drez raison.

— Quand vous voudrez, jeune serin ! ricana Polichinelle.

— Dès demain donc ; en plein théâtre : le public
sera témoin de notre vaillance. Justement nous nous
trouvons en scène ensemble à la troisième du premier, dans un décor de forêt. Nous combattrons sans
merci !...

— Avec quelles armes ? demanda Polichinelle, toujours gouailleur.

— Celle des gentilshommes, monsieur, l'épée !

— Jamais de la vie, reprit mon adversaire, je ne
connais pas cet instrument-là ; j'ai manié le bâton toute

ma vie, je prendrai mon bâton; prenez votre épée si vous voulez, je m'en moque.

— C'est d'ailleurs tout à fait conforme aux usages anciens, interrompit notre camarade le Magicien, qui

Sous un dernier coup de bâton, mon épée vola en éclats.

était un vieux savant très érudit. Vous êtes prince, Coquelicot, et Polichinelle est roturier; quand un grand seigneur avait un duel judiciaire avec un vilain, le grand seigneur combattait avec l'épée et le vilain avec le bâton.

Ce dernier argument me décida à accepter le duel dans ces conditions, parce qu'elles flattaient ma vanité;

et, tu vas voir, petit garnement orgueilleux, comment, une fois de plus, la vanité me perdit.

— C'est entendu : à demain, monsieur, brailla Polichinelle à tue-tête, combat à outrance !

— Parlez plus bas, monsieur, lui dis-je d'un air digne, en lui montrant suspendus à un clou tout proche, le commissaire et les gendarmes qui semblaient se concerter entre eux ; il ne faut pas qu'on nous entende de ce côté et qu'on vienne troubler notre rendez-vous.

Sur ces mots nous nous séparâmes ; je me mis presque immédiatement au lit, non sans avoir écrit à ma fiancée Pâquerette une lettre des plus touchantes ; après quoi, je puis le dire sans forfanterie, malgré le terrible péril qui m'attendait, je dormis du sommeil des braves.

Le lendemain, le bruit de notre querelle s'était rapidement répandu dans la ville ; on s'arracha les dernières places disponibles à prix d'or. Quand nous entrâmes en scène, mon adversaire et moi, tous les petits garçons de bonne famille, toutes les jeunes demoiselles de la haute société étaient là ; la marmaille des faubourgs s'entassait aux places d'amphithéâtre.

Certes, mon assurance demeurait entière et mon courage inébranlable. Néanmoins, mon indignation de la veille s'était apaisée, je trouvais interminables les préparatifs de ce duel que j'aurais souhaité de grand cœur voir déjà fini.

On mesura mon épée avec le bâton de Polichinelle ;

les deux armes furent reconnues de même longueur.

Pierrot qui dirigeait le combat croisa leurs extrémités, fit un pas en arrière et prononça d'une voix lugubre le traditionnel : « Allez, messieurs... »

Dès la première attaque de Polichinelle, je m'étais bravement fendu à fond, et d'un coup droit furieux j'avais transpercé sa bosse d'outre en outre... Mais le drôle n'en parut pas le moins du monde incommodé : pas une goutte de sang ne s'échappa de la plaie, car cette bosse perfide ne renfermait que du vent. En revanche, avant que je ne fusse retombé en garde, j'avais reçu, en plein sur le crâne, un maître coup de bâton qui me fit voir trente-six mille chandelles.

Dès lors, à chacune de mes attaques ce fut ainsi.

Polichinelle ne prenait même pas la peine de parer, sachant sa bosse d'une épaisseur telle que jamais la pointe de ma

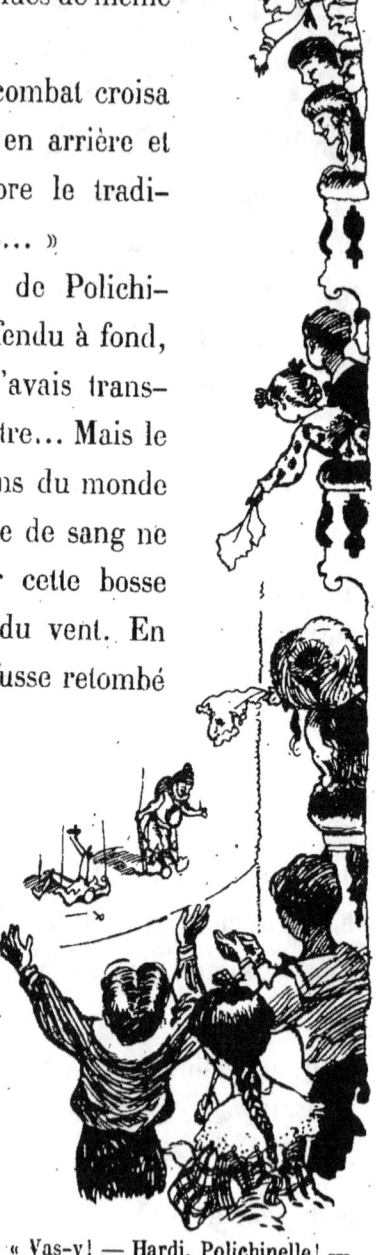

« Vas-y! — Hardi, Polichinelle! — Tape dessus! — Encore! »

5

lame n'atteindrait jusqu'à son cœur. Puis quand il me voyait découvert à souhait, l'épée embarrassée dans l'étoffe de son pourpoint, il prenait son temps, choisissait son endroit, et m'assénait de toute sa vigueur un formidable coup de trique : vlan!

Quatre fois je revins à la charge; quatre fois je fus, de la même manière, victime de ma vaillance.

Après le quatrième horion, qui m'avait à demi déboité l'épaule, je sentis à la violence de la douleur que mon honneur devait être satisfait. Baissant mon arme, je tendis la main à mon adversaire avec un geste fort magnanime.

Mais le brutal ne l'entendait pas ainsi; sous un cinquième coup de bâton, mon épée vola en éclats. Alors il me tomba dessus de toutes ses forces et me rossa, sans trêve ni répit, avec un féroce acharnement.

Cependant, le public qui voulait faire la veille une révolution en ma faveur, trépignait de joie aujourd'hui en contemplant mon supplice; de toutes parts on encourageait mon bourreau; plus les coups pleuvaient dru sur ma pauvre carcasse, plus l'enthousiasme allait grandissant.

Aux fauteuils d'orchestre, dans les loges et aux balcons on approuvait avec une certaine discrétion; mais aux places populaires c'était une véritable ivresse; des petits garçons malpropres, mal peignés, tendaient leurs ongles noirs, qu'ils venaient de retirer de leur nez, et vociféraient :

— Vas-y !

— Hardi, Polichinelle !

— Tape dessus !

— Encore !

J'étais couché sur un lit de copeaux de bois, à l'hôpital des Marionnettes.

Enfin, la tête en capilotade, le dos rompu et les bras cassés, je vins m'abattre sur le devant du théâtre, tandis qu'à travers un brouillard rouge, j'apercevais, dans l'avant-scène de droite, debout sur sa chaise, applaudissant avec frénésie, la belle poupée dont j'avais refusé naguère la fortune et la main...

Ce fut pour moi le coup de grâce : je perdis connaissance à ce spectacle.

. . . . . . . . . . . . . . . .

Que se passa-t-il ensuite? Je l'ignore ! Je ne repris mes
sens que longtemps après; j'étais couché sur un lit de
copeaux de bois, à l'hôpital des Marionnettes ; des linges
entrecroisés enveloppaient mon front, mes bras et mon
torse ; ces pansements multiples dégageaient une odeur
caractéristique de colle-forte.

J'avais, paraît-il, subi plusieurs opérations très graves;
mes articulations avaient été disjointes, retaillées et re-
mises en place par un habile chirurgien. A présent la
plus grande immobilité m'était imposée; d'ailleurs, privé
de fils comme je l'étais, il m'eût été absolument impossible de tenter le moindre mouvement.

Polichinelle, je dois le reconnaître, se conduisit fort
correctement en la circonstance : tous les jours, soit en
personne, soit par sa femme ou son ami Pierrot, il faisait
prendre de mes nouvelles chez le concierge de l'hôpital.

Si en cette occasion mon adversaire se piqua d'une
courtoisie, qui ne lui était certes pas habituelle, ce modèle
de générosité et de bonté qu'était la marionnette chargée
du rôle de Diable, me montra dans l'épreuve douloureuse
que je traversais tout le dévouement que peut déployer un
cœur vraiment sensible et tendre dans lequel a germé, a
fleuri et s'est épanouie la fleur embaumée d'une amitié
fidèle.

Lui aussi, ce pauvre Diable, il avait dû entrer à l'hôpital pour se guérir d'une blessure que lui avait procurée son affection pour moi.

A la fin de ma lutte avec Polichinelle, lorsque j'avais roulé sans connaissance jusque sur le devant de la scène, lui s'était précipité pour me relever et m'arracher à la frénésie meurtrière de mon ennemi. Or précisément à l'instant où il s'inclinait vers moi, un furieux revers du bâton de mon bourreau lui avait brisé la corne droite au ras du front.

Appliquant les dernières méthodes scientifiques connues, le chirurgien avait commencé par lui extirper la racine de l'organe endommagé.

Après quoi, fort habilement, ma foi, il lui avait enté dans l'os frontal une corne toute neuve, bien pareille à l'autre et qu'il avait fixée, jusqu'à complète soudure, avec un bon pansement provisoire à la seccotine stérilisée.

Durant tout le temps qu'il demeura à l'hôpital, le brave Diable ne cessa de me tenir compagnie que pour aller aux nouvelles. A son retour il me racontait les histoires du dehors, les potins qu'on lui avait rapportés et d'autres aussi que son imagination fertile inventait pour me distraire de mon mal et m'empêcher de songer à mes douleurs physiques et morales.

Il n'y a pas à dire, ce démon avait une âme réellement angélique : l'existence théâtrale est d'ailleurs remplie de ces contrastes entre l'emploi et le caractère des acteurs.

Hélas! je ne puis en dire autant de M^{lle} Pâquerette;
pas une seule fois elle ne vint me voir; pas une seule
fois elle ne s'intéressa à ma santé!

L'épouvantail en prononçant ces dernières paroles
soupira profondément, puis il leva vers le ciel pluvieux
ses pauvres yeux en coquilles de noix et parut s'abîmer
dans ses souvenirs.

Rodolphe en profita pour cueillir une seconde grappe
de raisin dont il se hâta de dévorer la moitié, afin de
faire croire qu'il en était toujours à la première...
L'épouvantail n'avait rien vu.

# CHAPITRE V

# Pâquerette, ma fiancée, m'abandonne

Si je ne mourus pas de mes nombreuses blessures, c'est que nous autres marionnettes nous avons la vie dure. Démembrées, coupées en quatre, le ventre ouvert, sans oreilles, sans yeux, sans tête même, nous continuons à vivre. Seuls le feu ou la noyade — au fond de quelque baquet où l'on nous oublie — peut avoir raison de notre vitalité.

Quoi qu'il en soit, après une longue maladie et une convalescence plus longue encore, je me rétablis enfin. Mon docteur me montrait comme un phénomène singulier de vitalité, et tira grande gloire de ma guérison. Le jour où il me reconduisit chez mon patron, il lui affirma que je n'avais pas cessé d'être le plus solide des acteurs de sa troupe; qu'on pouvait m'utiliser sans crainte de toute manière et que je me relevais de cette épreuve plus fort et plus résistant que par le passé.

— Jamais, entendez-vous, monsieur Fantochard, ja-

mais une fracture ne se produit deux fois de suite au
même endroit; et comme M. Coquelicot a été démoli de
partout, je vous le garantis pour l'avenir absolument
incassable.

Malgré cette déclaration de l'éminent praticien, ce duel
mémorable, où je fus trahi par l'arme que j'avais choisie,
marqua le déclin de ma carrière dramatique. On me
déclara trop décati pour jouer désormais les jeunes
premiers. En vain, j'invoquai le témoignage du docteur
qui me garantissait plus solide qu'avant ; en vain,
j'insinuai qu'avec une perruque neuve et une bonne
couche de peinture fine, je paraitrais aussi jeune et
aussi séduisant que par le passé ; en vain, je citai
l'exemple de comédiens illustres qui, par de semblables
artifices de toilette, avaient continué à tenir l'emploi de
tout jeunes gens, jusqu'à la plus extrême décrépitude.

On ne voulut rien entendre et force me fut de passer
au rang de doublure, d' « utilité », comme on dit chez
nous.

En même temps, je dus céder, non sans regret, ma
loge, capitonnée de satin crème, à mon remplaçant dans
les premiers rôles.

A partir de ce jour-là, on me mit à toutes les sauces.

Je remplissais cinq ou six personnages dans la même
pièce, et ma principale occupation consistait à être habillé
ou déshabillé à chaque minute. L'habilleur que ce travail
ennuyait autant que moi, imagina bientôt, pour abréger,

D'autres fois, je représentais un vagabond sordide que la méchante reine faisait
chasser par ses laquais et poursuivre par ses chiens.

de me passer mes travestissements successifs les uns par-
dessus les autres; si bien qu'apparu mince et fluet au

premier acte,
j'avais l'air
d'un tonneau
au dénoue-
ment de la
pièce.

Dans mes
nouvelles
fonctions je fi-
gurais, tour à
tour, aux éche-
lons les plus
divers de la
société. Tantôt
j'étais un vieux
roi magnifi-
que, couvert
de broderies et
de pierres pré-
cieuses, tantôt
j'étais un bri-
gand avec un
grand chapeau

Je la suppliai de me dire la cause de son inexplicable
attitude à mon égard.

pointu et une culotte de velours vert toute râpée;
tantôt couvert d'une cuirasse étincelante, je jurais, au

nom de mes troupes composées de quatre hommes, de
nous faire tuer tous jusqu'au dernier... après quoi, je
rentrais dans le rang, — car c'était là désormais tout
mon rôle.

D'autres fois encore, je représentais un vagabond sordide, que la méchante reine faisait chasser par ses laquais
et poursuivre par ses chiens; du reste, sous prétexte que
je ne risquais plus rien, on me confiait, de préférence,
des rôles principalement composés de soufflets, de gour-
mades et de tornioles à recevoir.

Je me souviens même qu'un jour, honte des hontes!
on m'obligea à doubler M^me Polichinelle, qui avait dû
entrer à son tour à l'hôpital, à la suite d'une explication particulièrement orageuse avec son seigneur et
maître. Je dus m'affubler de sa perruque de crin rous-
sâtre, de son ignoble et grotesque défroque; on me
plaça sur l'œil gauche son éternel emplâtre de papier
noir. Dans ce costume, je refis, une fois de plus,
connaissance avec le bâton de Polichinelle, qui goûtait
une joie sans pareille à me rosser sous les apparences de
sa femme.

Au milieu de toutes ces misères, un suprême désespoir
m'était réservé.

La petite soubrette que j'aimais, Pâquerette, ma fiancée, m'abandonna définitivement.

Je t'ai dit que, déjà, durant ma maladie, elle n'avait
pas paru se soucier de moi. Lors de mon retour au théâ-

tre, sa froideur se manifesta plus clairement encore. Tandis que je dégringolais des rôles secondaires aux petits rôles (qu'en style théâtral on nomme des « pannes »), elle, au contraire, s'était élevée aux premiers emplois; dès ce moment elle évita ma rencontre au sortir de la scène et dans les couloirs.

Un jour, enfin, voulant en avoir le cœur net, je l'abordai malgré elle et la forçai à m'entendre.

Apparu mince et fluet au premier acte, j'avais l'air d'un tonneau au dénouement.

Ah! mon petit! quelle douloureuse explication !

Sanglotant à ses pieds, je la suppliai de me dire la cause de son inexplicable attitude à mon égard. Alors, elle m'annonça tranquillement que tout projet d'avenir entre nous devait être effacé, parce qu'elle allait épouser, dès la semaine suivante, le prince Zinzolin, ce petit fat sans talent, qui avait repris ma place au théâtre et dans son cœur. Tandis qu'elle me faisait cette stupéfiante déclaration, je jetais des regards égarés sur l'endroit où nous nous trouvions, afin de fixer dans ma mémoire le décor de notre dernière entrevue. Hélas ! cela se passait dans la même coulisse et derrière le manoir en ruines où, quelques mois auparavant, touché de ses larmes, je lui avais juré solennellement de n'avoir jamais d'autre épouse qu'elle-même !

Que te dirai-je, petit ? Mon cœur était brisé, mes espérances anéanties, mes ambitions ruinées... Je n'avais plus qu'à mourir.

Justement, pour comble d'amertume, on m'avait distribué, ce jour-là, le plus humiliant des rôles que j'eusse jamais remplis : un rôle de commissionnaire. Il s'agissait de paraître un instant pour apporter au prince Zinzolin un message pressé de la part de la Fée des Neiges. A cet effet, on m'avait soigneusement blanchi la figure le matin même, tous les serviteurs et sujets de la fée devant être nécessairement pâles et blafards comme la neige elle-même.

Plutôt que de me prêter à cette dernière ignominie, j'étais fermement résolu à en finir avec cette existence torturante de grand artiste méconnu.

Il ne s'agissait plus que de choisir le genre de trépas le plus digne de moi, et aussi le plus sûr. Je ne portais plus l'épée d'une façon habituelle ; d'ailleurs je me défiais de cette arme de parade ; j'étais trop payé pour

savoir qu'une marionnette ne meurt pas plus d'un coup
d'épée en plein cœur que d'un coup
de matraque sur le crâne. Un instant,
je songeai à finir noblement sur un
bûcher à la manière de Sardana-
pale, roi de Babylone. Mais où me
procurer le brasier nécessaire ? La
moindre allumette était rigoureuse-
ment bannie du théâtre et
de ses environs ; en outre, il
y avait des pompiers dans
toutes les encoignures, prêts
à ouvrir le grand secours et
à nous noyer sous des dé-
luges d'eau pour
nous éviter de pé-
rir dans les flam-
mes.

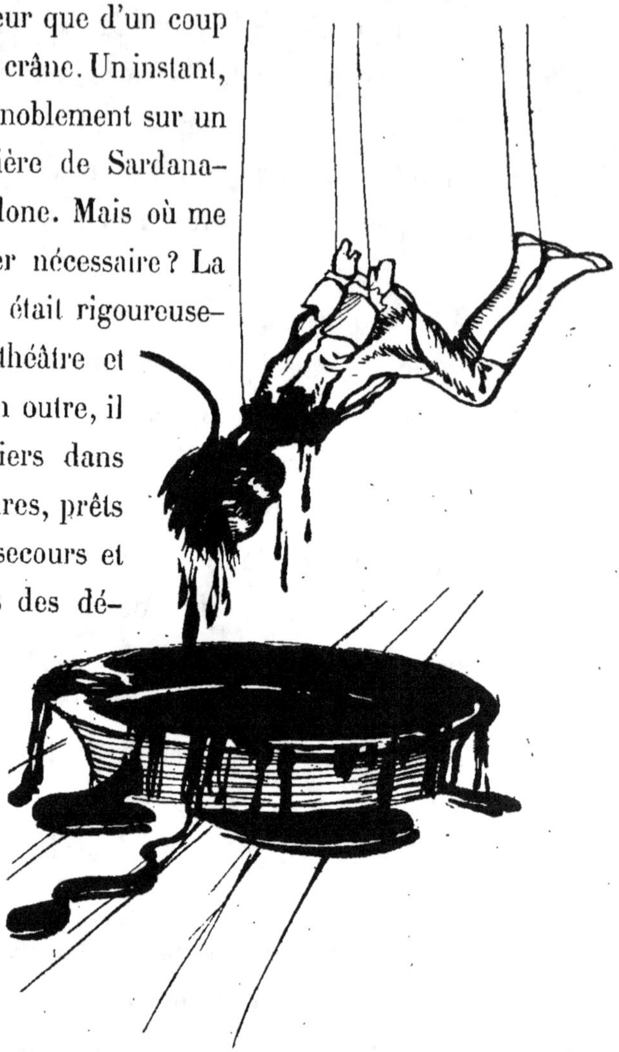

Me noyer ? voilà
mon affaire ; il n'y
avait plus qu'à
découvrir l'en-
droit propice ; ce
fut vite fait.

Ce n'était pas un puits, comme je l'avais cru,
mais un grand pot de vernis noir.

Dans un coin
obscur du théâtre, tout à fait derrière l'extrême fond de
la scène, j'avais remarqué une sorte de trou entouré

6

d'une margelle circulaire en grès qui m'arrivait à
hauteur de ceinture. L'abîme semblait profond et, à sa
surface, on voyait miroiter une eau sombre et luisante.
C'était sans doute quelque puits. Quand je compris que
mon tour d'entrer en scène allait arriver, j'y courus et,

Pépins, écorces d'orange, papiers de sucre d'orge, programmes roulés en
boules, mandarines entières se mirent à pleuvoir sur la scène et sur ma
face d'ébène.

après un dernier souvenir à l'ingrate Pâquerette, je m'y
précipitai la tête la première...

O méprise des méprises, déception des déceptions !
Hélas! ce n'était pas un puits, comme je l'avais cru,
mais bien un grand pot de vernis noir qui servait à
renouveler l'éclat de nos chaussures et celui de nos
moustaches.

Le perruquier du théâtre, M. Potiquet, commença à réparer en grande hâte le désordre des coiffures de la troupe.

Seule, ma tête s'y enfonça jusqu'au cou ; néanmoins, j'espérais encore y périr, suffoqué, quand, au même instant, ignorant mon geste de désespoir, le directeur me souleva par mes fils et m'introduisit sur le théâtre.

Un éclat de rire universel accueillit mon apparition, en messager nègre de la Fée des Neiges.

Les pépins et les écorces d'orange, les papiers de sucre d'orge, les programmes roulés en boules, puis des mandarines entières, et enfin, les petits bancs se mirent à pleuvoir sur la scène et sur ma face d'ébène. Ce fut un tohu-bohu indescriptible ; Fanto-chard, affolé, lâcha

Potiquet, après m'avoir examiné avec soin, me prit sous son bras et s'éloigna tout joyeux.

à la fois tous les personnages qui s'écroulèrent pêle-mêle sur la scène. Enfin, un machiniste, recouvrant un peu de sang-froid, mit fin au désordre en baissant précipitamment le rideau.

Comme on achevait de remédier au désarroi causé par ma sombre apparition, je vis accourir, à ma grande joie, le perruquier du théâtre, M. Potiquet. En grande hâte, il commença à réparer le désordre général des coiffures de la troupe.

Mais voilà que quand mon tour fut venu, Fantochard arrêta le bras du coiffeur.

— Ne touchez pas à ce monstre, monsieur Potiquet : aux premiers froids, je m'en servirai pour allumer les bûches de ma cheminée. Nous verrons si ce malencontreux personnage jouera son dernier rôle d'une façon « étincelante » et s'il saura « brûler les planches » une dernière fois.

— Ce serait bien dommage de mettre au feu cette marionnette qui me paraît encore fort utilisable, monsieur Fantochard ! Vous plairait-il de me la céder?..

— Ah ! de grand cœur, monsieur Potiquet, mais alors emportez-la tout de suite.

Potiquet ne se le fit pas dire deux fois : il s'empressa de m'envelopper dans un vieux journal où se trouvait — suprême ironie ! — un article fort élogieux sur mes débuts. Puis il me prit sous son bras et s'éloigna tout joyeux, après m'avoir examiné avec soin.

# CHAPITRE VI

# Je suis recueilli par M. Potiquet

Le brave coiffeur me conduisit sans plus tarder chez un peintre de ses clients qui, à première vue, me fit l'effet d'un gaillard extraordinaire. Chevelu à la manière d'un roi mérovingien, barbu comme un mage d'Égypte, il était revêtu d'un complet de velours gris à grosses côtes, dont la veste boutonnée jusqu'au menton était serrée aux hanches comme celle des petits lycéens, tandis que le pantalon fabuleusement large dessinait autour des jambes deux énormes tire-bouchons.

Il fut convenu, séance tenante, que, moyennant un certain nombre de tailles de barbe et de frictions au Portugal, dont le peintre semblait en effet avoir grand besoin, cet illustre artiste allait me restituer une figure présentable.

Tout d'abord, celui-ci me fit prendre un bain d'essence de térébenthine, pour ramener mon visage enduit de noir à la couleur naturelle du bois. Puis il m'assit sur la tablette de son chevalet et se mit à la besogne.

Durant une grande demi-heure, il me chatouilla le visage avec ses brosses dures et piquantes, dont les poils m'entraient à chaque instant dans les yeux, le nez ou les oreilles. Tantôt il adoucissait une nuance par de légères touches frôlantes qui me donnaient une forte envie de rire, tantôt il ravivait un ton par d'énergiques frottis de vermillon qui me faisaient monter le rouge au visage.

Malgré tout je n'avais garde de bouger, attentif à bien tenir la pose et plein de joie à l'idée qu'un véritable artiste, un homme qui exposait sa peinture au Salon, travaillait à mon embellissement.

Enfin ce fut fini et Potiquet m'emporta dans sa boutique.

Là, il m'appliqua sous le nez une paire de moustaches triomphantes; il me couvrit la tête d'une jolie perruque blonde toute frisée, avec une raie sur le côté. Il me revêtit d'une chemise blanche à plis et d'un bel habit noir, comme ceux que j'avais vus, les jours de grande représentation, sur les épaules des spectateurs les plus élégants.

Tout cela m'intriguait fort.

Ainsi paré, il m'installa, dans la vitrine de sa boutique, à côté d'une fort belle dame, une géante certainement, car elle ne montrait que son buste, et cette

partie d'elle-même paraissait aussi haute que toute ma personne.

La belle dame avait un teint merveilleux, blanc et rose; deux grands yeux bleus, fendus en amande, sous des sourcils de velours sombre; un nez droit, dont la chair semblait transparente, et des lèvres plus rouges que je n'en vis jamais à aucune dame. Elle était d'ailleurs coiffée à ravir.

Le brave coiffeur me conduisit chez un peintre de ses clients qui voulut bien se charger de me restituer une figure présentable.

Chose étrange, on ne lui voyait pas plus de bras qu'à
la célèbre Vénus de Milo, dont elle descendait sans
doute; et, chose plus extraordinaire encore, elle tournait lentement sur elle-même, d'un mouvement uni-
forme, sans jamais s'arrêter ni cesser de sourire. A mon
apparition, elle ne manifesta aucune surprise; elle continua ses évolutions sans même daigner remarquer ma
présence.

Très choqué de l'indifférence affichée par cette pré-
tentieuse manchote, je résolus de lui rendre dédain
pour dédain et de ne plus lui prêter aucune attention.
D'ailleurs j'avais assez à m'occuper avec les autres
objets dont j'étais environné. Tout autour de moi, sur
des gradins plus ou moins élevés, se tenait, rangée en
bon ordre, une armée de boites en carton et de pots
en faïence, de bouteilles et de flacons de toutes tailles,
de toutes formes, pleins de liquides odorants dont les
couleurs variées, se jouant sous les rayons du soleil,
illuminaient la vitrine d'un véritable arc-en-ciel. Moi-
même j'avais le coude appuyé sur une grande fiole
mince et élancée, sur laquelle on lisait ces mots mysté-
rieux tracés en lettres d'or :

HUILE BALSAMIQUE DU CHIMISTE POTIQUET
RÉGÉNÉRATION PROGRESSIVE DE LA CHEVELURE
SUCCÈS CERTAIN ! ! !

Mais, voilà que bientôt je fus singulièrement intrigué

par l'attitude des promeneurs qui s'arrêtaient devant
notre étalage. Je dois dire qu'on s'y arrêtait beaucoup,
principalement les petites demoiselles qui, leur poupée
sur le bras, ne se lassaient pas de voir tourner ma belle
et indifférente voisine.

Il m'installa dans la vitrine de sa boutique à côté d'une fort
belle dame.

Quand elles étaient rassasiées de ce spectacle, elles
daignaient jeter un regard sur moi. Et alors, à chaque
nouvelle passante, le même phénomène se reproduisait.
Tout d'abord, les jeunes visages qui me contemplaient
exprimaient une admiration réelle. Puis soudain, quelques
instants après, je voyais ces mêmes figures ouvrir des

yeux étonnés, puis sourire, puis éclater de rire et s'éloi-
gner en s'esclaffant.

A la dixième avanie que je dus ainsi subir, j'étais
absolument hors de moi; surtout que peu à peu un grand
rassemblement s'était formé. Maintenant ce n'étaient
plus de gentilles demoiselles, mais bien d'affreux galopins, mal peignés et les oreilles sales, qui, s'écrasant le
nez contre la vitre, se tordaient de rire, me tiraient la
langue et m'adressaient les plus hideuses grimaces que
jamais visage humain eût reflétées.

A tout prix je voulus connaître la cause de cette
extraordinaire hilarité, qui, je n'en pouvais douter, visait
ma petite personne.

Enfin, à force de jeter des regards en coulisse à droite
et à gauche je parvins à découvrir mon reflet dans l'une
des deux grandes glaces qui formaient les parois de la
vitrine; et, au bout d'un instant, je fus à même de constater
quel sot personnage je figurais.

Imagine-toi, garnement, que la jolie perruque blonde
avec une belle raie sur le côté, dont j'étais si fier, ne
tenait pas sur ma tête. A intervalles réguliers, en même
temps que ma voisine faisait un tour sur elle-même, la
perfide perruque se soulevait lentement comme un cou-
vercle de marmite.

En sorte qu'après avoir causé l'admiration des spectateurs et spectatrices par l'élégance de ma chevelure, j'excitais, l'instant d'après, leur folle gaieté, en

apparaissant, à leurs yeux, chauve comme un œuf d'autruche.

Toute la journée j'endurai cette ignominie et je fus la risée des polissons de la rue.

Pour être juste, je dois dire que quelques personnes d'âge mûr assistèrent au même spectacle avec une attitude beaucoup plus correcte.

C'étaient, en général, de vieux messieurs.

Ils regardaient attentivement et à plusieurs reprises ma chevelure se soulever, s'abaisser.

Puis ils entraient dans la boutique d'un pas furtif, et achetaient un flacon semblable à celui qui me servait de soutien.

J'avais la main appuyée sur un grand flacon.

Après quoi ils se retiraient en saluant, et je remarquai que, sous le chapeau, leur crâne était aussi nu, lisse et luisant que le mien quand se relevait la maudite perruque.

Alors, je compris tout : l'indigne Potiquet me réduisait au rôle humiliant d'enseigne vivante pour ses produits !

Je passai ainsi huit longs jours dans cette odieuse

vitrine, chevelu durant une minute, chauve dans la minute qui suivait !

Comment n'ai-je pas pris un rhume de cerveau à ce métier stupide ?... J'en suis encore à me le demander...

Après ces huit jours ce fut une autre histoire.

Cette fois ma perruque était immobile. Mais je n'en continuai pas moins à exciter la grossière et insatiable gaieté des galopins, ayant la moitié de la chevelure blanche et l'autre moitié d'un blond ardent, tandis que ma moustache droite était grisonnante et ma moustache gauche du plus beau noir !

La même bouteille soutenait toujours mon coude, mais elle avait été déguisée par une nouvelle étiquette encore plus dorée que la précédente et qui portait ces mots :

ÉLIXIR DE JOUVENCE ! FORMULE DU DOCTEUR POTIQUET.
SEULE TEINTURE EN USAGE
DANS LES COURS EUROPÉENNES ET ASIATIQUES

Les premiers jours, je vis quelques messieurs avec des cheveux blancs comme la neige et des moustaches noires comme l'aile d'un corbeau, entrer dans la boutique et acheter un flacon de teinture.

Mais, hélas ! il en vint de moins en moins les jours suivants.

En vain Potiquet s'ingéniait-il à changer ma tête tous les matins.

Un jour, blond comme les blés, la barbe taillée en
rond, je figurais le roi d'Angleterre. Le lendemain, rasé,
les moustaches relevées en crocs menaçants, je représentais au naturel le puissant empereur d'Allemagne. Un
autre jour, le menton fleuri d'une vaste barbe en éven-
tail, j'incarnais le paternel roi des Belges.

J'eus beau devenir ainsi successivement le czar de
Russie et le mikado du Japon, l'empereur d'Autriche et
le sultan de Turquie, le roi de Grèce et le schah de Perse,
le prince de Monaco et l'empereur du Sahara, la teinture
Potiquet n'eut pas le moindre succès.

En sorte qu'un soir, la boutique étant close et la devan-
ture baissée, je subis une troisième et radicale transformation qui dut s'opérer pendant mon sommeil, car je ne
m'en aperçus que le lendemain matin, une fois la chose
faite.

— Eh bien! eh bien! voulez-vous bien vous sauver,
petits goulus! Vous abusez vraiment! se mit à crier
l'épouvantail, tandis qu'il agitait l'ombrelle rouge, toujours
ouverte au bout de son bras.

A ce cri, et à ce geste surtout, Rodolphe vit s'envoler
une bande de moineaux pillards, tout effarouchés et
comme stupéfaits de cette sévérité inaccoutumée du
vieux gardien de la vigne.

Les oiselets fuyaient à tire-d'aile, se heurtant, se cul-
butant, traversant le ciel en zigzag, absolument comme
des gens pris de boisson.

— Oh! les brigands, en ont-ils mangé du raisin, grommela l'épouvantail; s'il était mûr au moins, mais il est encore un peu vert, et cela va les rendre malades.

Vois-les un peu, Rodolphe, ils ne tiennent plus sur leurs pattes. Sûrement ils vont regagner leurs nids dans un état déplorable et mesdames les moinelles ne seront pas contentes...

C'est ta faute aussi, garnement! je m'oublie à te raconter des histoires et je néglige les premiers devoirs de ma charge... D'ailleurs assez causé pour aujourd'hui; file chez toi, et si le cœur t'en dit, reviens demain, je t'achèverai le récit de mes aventures. Je te remercie beaucoup pour ton joli parapluie; mais à présent tu serais bien aimable si tu voulais me le fermer. L'averse est finie depuis longtemps, la première étoile s'allume tout là-haut, là-haut, au fin fond du ciel, il va faire une nuit magnifique... Allons! Bonne nuit, garnement, et à demain.

# CHAPITRE VII

## Je retrouve une ancienne camarade

L'épouvantail avait dit vrai : la nuit fut douce, étoilée à souhait et, le lendemain, le soleil paresseux de l'automne se leva dans un ciel sans nuages. Aussi à-peine Rodolphe eut-il achevé son déjeuner qu'il s'en fut à la vigne afin de connaître la suite des aventures de son vieil ami.

Il le trouva fiévreux, remuant, inquiet, ce qui était surprenant au début d'une journée qui s'annonçait si belle. Par instant le vieux mannequin faisait des mouvements bizarres, saccadés et comme involontaires, tandis qu'il marmonnait en lui-même : « Satanée mécanique !... Satanée mécanique !... »

— Qu'est-ce qu'il a donc à se secouer comme ça, se demandait Rodolphe, et qu'est-ce qu'il veut dire avec sa satanée mécanique ?

L'épouvantail comprit que sa manière d'être inaccoutumée intriguait son jeune ami.

— N'aie pas peur, garnement ! Ce n'est pas à toi que
j'en ai ; il m'arrive comme cela, de temps en temps,
lorsque des jours secs succèdent à des jours humides, de
m'agiter bien malgré moi, je te le jure. Cela tient à cette
diable de machine qui m'est restée dans le corps et dont
les cordes se raccourcissent en séchant. Mais tout cela
serait trop long à t'expliquer : tu comprendras ce dont il
s'agit en écoutant la suite de mon histoire.

Je t'ai dit hier qu'après le médiocre succès de la teinture Potiquet, j'avais subi une nouvelle transformation
dont je ne m'aperçus que le lendemain, tant je dormis
d'un lourd sommeil cette nuit-là.

Potiquet, voyant qu'il ne réussissait pas dans ses
affaires, en consacrant ses soins à la tête de ses conci-
toyens, s'était imaginé qu'il serait plus heureux, peut-être,
en s'adressant à leurs extrémités inférieures.

En conséquence, il avait inventé une sorte d'élixir pour
insensibiliser et détruire les cors, oignons, durillons et
œils de perdrix qui fleurissent sur les pieds sensibles de
l'humanité.

Bien entendu, il comptait sur moi pour faire de la
réclame à son produit, et il m'avait transformé dans ce
but.

Voilà pourquoi je me réveillai le lendemain matin, à
mon grand ébahissement, dans un décor qui me donna
d'abord l'impression d'avoir repris mon ancien métier de
comédien.

Vêtu d'un habit rouge à brandebourgs d'or, d'une culotte de soie noire et de bottes molles à glands dorés, j'étais assis sur un tabouret dans un riche intérieur bourgeois : mobilier d'acajou et de velours rouge, tentures aux portes et aux fenêtres, cheminée en marbre au

Potiquet ayant fait agir une clef placée dans le dos du fauteuil, la dame tourna la tête de mon côté.

fond, avec une pendule dont le sujet représentait le glorieux paladin Roland sonnant du *cor* dans les défilés de Roncevaux, tel était l'appartement ou plutôt la moitié d'appartement qui se déployait derrière moi, pareille à une toile de fond.

Mais devant moi, c'était toujours la glace sans tain

de la vitrine et de l'autre côté de la glace, la rue avec le défilé infatigable des passants. Ma belle voisine, la géante sans bras, avait disparu. A sa place, languissamment allongée sur un grand fauteuil, se tenait une jeune personne en costume de bal, tout entière celle-là, et à peu près de ma taille; mais je ne pus tout d'abord voir son visage qui regardait le mur.

D'ailleurs je n'attendis pas longtemps. Potiquet ayant fait agir une clef placée dans le dos du fauteuil, la dame tourna la tête de mon côté. A ce mouvement, quelle ne fut pas ma stupeur en reconnaissant une de mes anciennes camarades de planches, la princesse Aurore, celle-là même avec qui j'avais joué ma première féerie chez Fantochard!

— Quoi, c'est vous, princesse! m'écriai-je, pétrifié de surprise, tandis qu'elle-même s'immobilisait, également stupéfaite.

— Qu'est-ce qu'il y a là-dedans? s'écria Potiquet au même instant.

Et ressaisissant la clef, il remonta avec énergie le fauteuil où ma belle camarade était assise. Aussitôt elle recommença à se mouvoir; elle releva d'abord la tête dans ma direction pendant que je m'inclinais vers elle d'un air interrogatif; puis, pour toute explication de sa présence en ce lieu, elle étendit vers moi sa jambe gauche et posa son pied sur mon genou!

A cet instant, garnement, je crus que j'allais devenir

fou! Tandis que je faisais de vains efforts pour arriver à comprendre ce que signifiait une pareille scène, je sentis soudain s'éveiller en mon être intérieur une puissance mystérieuse, plus forte que ma volonté, et qui me fit mouvoir à mon tour.

— Quoi, c'est vous, princesse! m'écriai-je, pétrifié de surprise.

Mon torse se courba vers le sol, ma tête tomba sur ma poitrine, et durant une seconde je contemplai d'un air stupide le pied posé sur mon genou. Ensuite mon bras droit se mit de la partie en grattant l'orteil de ce pied avec une petite lame brillante. Aussitôt la dame retira sa jambe en donnant les signes d'une vive douleur; puis, sur mes gestes d'insistance, elle le replaça sur mon genou. Alors, de la main gauche, je secouai au-dessus de l'orteil

une petite fiole d'où rien ne sortit et je repris mon grat-
tage, en interrogeant la dame du regard. Mais cette fois
le pied ne se retira pas ; mon ex-camarade me souriait
de son air le plus aimable et tournait la tête de droite à
gauche comme pour m'indiquer qu'elle ne souffrait plus.
Et toutes les cinq minutes ce manège insensé recom-
mençait ! J'avais beau me raidir de toutes mes forces
pour résister à ces gestes absurdes, il me fallait les
accomplir bon gré mal gré et je compris qu'il en était
de même pour ma camarade.

— Aurore, lui dis-je à demi-voix, tandis que pour la
vingtième fois je me penchais sur son pied, Aurore, que
faisons-nous ici tous deux ? Est-ce un cauchemar ou une
réalité ?

— Je suis aussi stupéfaite que vous, Coquelicot, me
répondit-elle en retirant sa jambe.

Et d'un ton mélancolique elle ajouta :

— Comme on se retrouve tout de même ; vous n'êtes
pas changé, Coquelicot, bien que vous ayez « noirci » en
vieillissant. Et votre fiancée, M<sup>lle</sup> Pâquerette, qu'est-
elle devenue ?

— Ne prononcez plus devant moi le nom de cette perfide, murmurai-je en secouant énergiquement la fiole de
baume. Ah ! si j'avais su !... c'est à vos pieds, Aurore,
que j'aurais déposé mes hommages, mon talent et mon
nom, qui eut son heure de célébrité... Mais il n'est pas
trop tard et puisque le caprice du sort s'est plu à nous

M. Poliquet, l'inventeur du coricide du même nom, et son chat.

réunir ici, sans doute pour longtemps, laissez-moi tomber...

— A mes pieds? Mais vous y êtes déjà, Coquelicot! Seulement, je vous prierai, ajouta-t-elle en souriant, de mettre moins de violence dans vos transports; car, en

Elle étendit vers moi sa jambe gauche, et posa son pied sur mon genou.

dépit du fameux élixir, vous me meurtrissez atrocement l'orteil !

— Mille pardons, reine de beauté, mille pardons, c'est l'émotion, la joie... Ah! chère Aurore!...

— Chut, Coquelicot, nous reparlerons de cela plus tard; nous en aurons tout le temps. Pour l'instant, taisons-nous, un esclave nous espionne !

Et, d'un clignement imperceptible de ses paupières, Aurore me désigna un troisième personnage, tout proche, que je n'avais pas encore aperçu et qui se tenait debout derrière moi.

C'était un nègre coiffé d'un haut turban et richement costumé : il faisait semblant de piler quelque chose dans un mortier de porcelaine, tout en roulant des yeux blancs et en ouvrant une bouche énorme. Au-dessus de sa tête une grande affiche en couleurs vantait les vertus du coricide Potiquet.

Aurore ne s'était pas trompée en prévoyant que nous aurions le temps de faire des projets d'avenir. Notre gymnastique folle dura des jours et des jours, sans inter-

Beausire.

ruption, de huit heures du matin à huit heures du soir. C'est en nous livrant à ces gesticulations machinales que nous échangeâmes les sentiments tendres de nos âmes de marionnettes, avec des mots chuchotés à voix basse par crainte de l'esclave nègre toujours présent.

Crois-moi, garnement, j'ai gardé de ces instants absurdes et charmants un bien délicieux souvenir; et malgré le côté ridicule et monotone de mes occupations d'alors, j'aurais été le

plus heureux des pantins, s'il m'eût
été donné de les continuer toute ma
vie aux côtés d'Aurore. Elle avait
beaucoup gagné à quitter le théâtre ;
et quand on la voyait noblement assise
dans cet intérieur bourgeois
et cossu, on n'aurait jamais
pensé qu'une aussi tran-
quille personne eût connu
l'existence surchauffée et
factice de la scène.

Mais hélas, le destin,
toujours attentif à ruiner
successivement mes espé-
rances les plus modestes,
trompa celle-ci comme les
autres. Le coricide Potiquet

C'était un nègre coiffé d'un haut
turban et richement costumé.

eut encore moins de succès que la « teinture en usage
dans les cours européennes ». Or, notre infortuné patron
avait joué son va-tout sur cette dernière tentative ; si
bien (ou plutôt si mal) qu'il fit une faillite désastreuse et
que l'on mit en vente tout son matériel.

Cet événement aussi cruel pour moi que pour lui,
arriva le lendemain même du jour où la charmante
Aurore, qui, depuis si longtemps me donnait son pied
toutes les cinq minutes, venait enfin de se résoudre à
m'accorder sa main par-dessus le marché.

On avait entassé pêle-mêle, dans la rue, les objets de son commerce.

As-tu jamais vu une vente par autorité de justice, petit Rodolphe? Je ne connais pas de spectacle plus lamentable. Celle du pauvre Potiquet fut particulièrement navrante.

Sur une longue table, dehors, on avait entassé pêle-mêle tous les objets de son commerce : rasoirs, ciseaux, fers à friser de toute forme, peignes, brosses, blaireaux et plats à barbe, flacons, pots de pommade, vaporisateurs et aussi cinq cents fioles intactes contenant le fameux coricide. Celles-ci furent acquises à vil prix par un marchand de produits alimentaires et de sauces anglaises ; je n'ose imaginer dans quel but !

La géante, dévissée de son socle, gisait sur un fauteuil ; je m'aperçus alors qu'elle n'avait pas plus de jambes que de bras, ce dont je m'étais toujours douté. Elle ne tournait plus, comme tu peux croire ; mais elle souriait encore de son sourire stupide et dédaigneux.

Quant à Aurore et à moi, on jugea qu'il serait d'un meilleur rapport de nous vendre séparément, comme pantin et poupée.

On nous arracha tous deux fort brutalement à notre

intérieur familial, sans même prendre la peine de nous débarrasser des mécaniques intérieures qui servaient à régler nos gestes d'automates ; c'est ce qui t'explique les mouvements bizarres et involontaires auxquels tu m'as vu me livrer tout à l'heure.

Aurore fut achetée par un vieux monsieur à lunettes d'or pour sa petite nièce qui l'accompagnait. Quand il passa devant l'étalage de la vente, l'excellent homme avait sans doute deviné ma peine, car il paraissait assez disposé à m'acheter aussi ; mais la petite fille déclara à son bon oncle qu'elle ne tenait pas du tout à moi, qu'elle me trouvait vilain et que, d'ailleurs, elle ne voulait pas de garçon avec ses poupées.

On me laissa donc en détresse. C'était mon troisième mariage manqué ! Je n'avais vraiment pas de chance, n'est-il pas vrai ?

Tandis que je demeurais plongé dans les lugubres réflexions que faisaient surgir en moi les déboires successifs de mon existence mouvementée, un amateur se présenta pour faire emplette de ma dé-solée personne.

C'était un bro-canteur auvergnat, un habitué de toutes les ventes par auto-rité de justice, fin

Le souffle de la débâcle avait réuni les objets les plus disparates ayant appartenu à l'in-fortuné coiffeur.

8

connaisseur et rusé matois qui me guignait sournoi-
sement depuis le début des enchères, car il avait certainement flairé que j'étais un artiste de haute valeur.

J'en acquis la conviction absolue dès qu'il eut commencé à me déprécier de tout son pouvoir, auprès de ses
collègues en bric-à-brac, dans le but évident de m'acheter
le moins cher possible.

A l'en croire, j'étais une marionnette défraîchie,
démodée, fatiguée, vieille, caduque, et dans l'état où
j'étais, je ne pouvais séduire que par un grand hasard
quelque amateur d'antiquailles qui n'y regarderait pas
de trop près. Quant à lui, foi de père Lafouine, en
m'achetant il était bien sûr de me garder en magasin
pendant des temps et des temps, avant de retrouver le
bénéfice de son argent. Aussi s'il se décidait à me prendre
c'était bien par pure charité.

Je sentais bien qu'il ne pensait pas un mot de tout ce
qu'il disait, et que s'il le disait c'était uniquement dans
le but de faire une bonne affaire ; malgré tout je fus
cruellement humilié d'être aussi injustement déprécié
devant tout le monde. Je me sentais outré de colère et de
dépit.

Mais cette blessure faite à mon amour-propre eut cela
de bon qu'elle me fit oublier aussitôt, à ma grande surprise, la blessure, bien autrement cruelle cependant,
faite à mon cœur par la disparition d'Aurore.

CHAPITRE VIII

# Mon odyssée chez le père Lafouine

Chez mon nouveau maître, je tombai dans un milieu vraiment très singulier, et très mêlé à vrai dire, mais qui, par cela même, ne manquait pas d'un certain charme imprévu.

Toutes les contrées de la terre se trouvaient représentées à l'étalage du père Lafouine.

Les animaux y étaient admis au même titre et souvent avec plus d'égards que les personnes. Un éléphant en porcelaine de Chine y voisinait avec un guerrier romain tout en bronze ; un grand singe japonais, en bois des îles, s'y balançait, suspendu au plafond par un seul bras démesuré, à côté d'une mandoline napolitaine. Au fond de la vitrine, de pâles figures de femmes en robe de brocart, assises parmi des verdures, faisaient tapisserie, comme les vieilles dames dans les bals. Enfin, l'on y coudoyait à chaque pas les plus vulgaires comme les plus glorieuses épaves des temps passés.

Ma première connaissance dans ce coin-là fut assez
remarquable. C'étaient deux sœurs jumelles qui se tenaient constamment dos à dos, sans doute pour montrer
toujours au public le double charme de leurs visages pa-
reils. Elles portaient des robes de faïence blanche, déco-
rées de dessins bleus peints sur l'étoffe selon la mode en

Je tombai dans un milieu très intéressant et très mêlé à vrai dire.

faveur à la fin du dix-huitième siècle. Les traits de leurs
visages étaient également peints en bleu sur leurs figures,
aussi pâles que le tissu de leurs vêtements.

Je fus fort étonné quand ces personnes, qui semblaient
si jeunes et si fraîches, m'avouèrent 120 ans d'âge. De
compagnie elles avaient rempli une charge importante à
la cour du roi Louis XVI ; elles avaient paru aux déjeu-
ners du Petit-Trianon sur la table même de la reine, en
qualité de salières d'honneur, ainsi que l'attestaient les

petites corbeilles que soutenaient leurs quatre bras. Lors
de la Révolution, cette faveur royale faillit maintes fois
leur coûter leur double tête; toutes leurs compagnes,
m'assuraient-elles, avaient péri dans la tourmente révo-
lutionnaire : elles seules s'en étaient tirées intactes, par
miracle, et c'est ce qui faisait leur grande valeur.

Les deux sœurs, avec qui je m'entretenais alternative-
ment, abondaient en anecdotes plaisantes sur l'ancienne
Cour. Elles les racontaient avec un esprit des plus pi-
quants; et, durant quelques jours, je ne me lassai pas
de les entendre; mais peu à peu je m'aperçus que

ces vieilles jeu-
nesses variaient
beaucoup dans
leurs récits, dont
l'authenticité me
parut bientôt
aussi douteuse
que celle de leur
personne. Aussi
je leur faussai
bien vite compa-
gnie, les laissant
échanger des sou-
venirs avec un
bonhomme de
leur temps, en

C'étaient deux sœurs jumelles qui se tenaient
constamment dos à dos.

faïence comme elles-mêmes, mais d'une nature épaisse
et grossière.

Ce gros individu, assez richement couvert, demeurait
constamment à cheval sur un vaste tonneau. Comme il
n'aurait pu se mouvoir de lui-même en raison de sa cor-

J'eus d'autres relations sans intérêt avec une bassinoire, une pipe turque,
et un assez drôle de pistolet du premier Empire.

pulence, on avait soudé à son dos une anse épaisse pour
le porter là où l'on avait besoin de lui. Son tricorne
ébréché en maint endroit, sa tête fêlée et vide, son ventre
presque aussi large que la barrique qui lui servait de
monture, tout son aspect enfin révélait que le drôle avait
dû devenir impotent à force de boire. D'ailleurs, malgré
une diète déjà prolongée, il sentait le vin à faire fuir.

Je négligeai également les avances d'une vieille bassinoire, en cuivre, assez bien ciselée à la vérité, mais
personne assommante s'il en fut, et qui avait contracté la
funeste habitude de raconter des histoires à dormir

Elle portait le simple accoutrement des bergères d'autrefois.

debout. C'était une nature éteinte, fumeuse et froide;
elle ne m'intéressait à aucun titre.

Je ne m'attardai pas davantage aux propos volubiles
d'un magot chinois bien qu'il semblât un très aimable
compagnon. Ses petits yeux ridés et obliques riaient sans
cesse, et sans cesse aussi, pendant qu'il parlait, sa tête

se balançait en avant et en arrière de la façon la plus
comique.

Malheureusement, ignorant la première syllabe du
langage chinois, il m'était interdit de prendre aucun
intérêt à ses perpétuels discours.

Je ne te parle pas de mes entrevues fort courtes et
plutôt désagréables avec un assez drôle de pistolet du
premier Empire.

Ce vieux débris, glorieux mais férocement bavard,
possédait, comme on dit, une terrible platine; il ne
prononçait pas deux paroles sans cracher des étincelles
dans un bassinet de métal placé devant lui à cet usage;
avec cela il avait un caractère de chien, et sa bouche
sentait le salpêtre comme s'il eût chiqué des cartouches
en guise de tabac.

Je passe rapidement sur ces détails sans importance,
afin de raconter la dernière tentative que je fis pour
trouver, dans ce milieu pittoresque et baroque, où les
beautés les plus rares vivaient côte à côte avec des
monstres, une compagne digne de mon affection. Je me
trouvai rapproché d'elle un jour que le père Lafouine, me
tirant de l'ombre où il m'avait placé, jugea à propos de
m'admettre parmi les plus précieux objets de sa collec-
tion.

Il y avait là une fort belle pendule, marbre et or, en
forme de temple antique. Le fronton était surmonté par
une grande figure du Temps, représentée sous les traits

d'un beau vieillard triste, les ailes repliées, la faux en sautoir, le sablier à la ceinture. D'un geste las, il retenait dans ses bras amaigris le globe du monde qui contenait le mécanisme d'horlogerie et sur lequel tournaient la grande et la petite aiguille pour marquer les heures.

A côté de cet emblème de la fuite des jours, on voyait,

Le père Lafouine m'écarta brutalement.

debout, dans l'attitude familière qu'on lui connaît, le grand homme, qui, lui aussi, avait tenu l'univers entre ses mains puissantes, le conquérant prodigieux de l'Europe coalisée, le Petit Caporal qui avait battu les plus grands capitaines de son siècle : Napoléon I<sup>er</sup>!

Certes, il y avait quelque chose d'épique dans ce tête-

à-tête organisé par le hasard au fond d'une boutique de
bric-à-brac, entre Napoléon vainqueur des hommes et le
Temps vainqueur de Napoléon. Mais combien ce spectacle, si imposant qu'il fût, devint peu de chose à mes
yeux, lorsque j'aperçus, un peu en avant du groupe formidable, une magnifique personne en vieux saxe qui
réunissait en elle à la fois toute la grâce et toute la beauté.

Avait-elle de riches vêtements, une couronne, un
chapeau à plumes, des broderies et des dentelles pré-
cieuses? Non.

Elle portait le simple accoutrement des bergères d'autrefois : un cotillon de porcelaine ivoire, fleuri de
violettes, descendait sur ses bas blancs; un caraco bleu
très pâle enlaçait son buste long et souple; ses cheveux
blond cendré s'abritaient sous un tricorne de paille, où
était piquée une large cocarde, bleue comme son corsage.
Ses yeux noirs pétillaient d'un éclat vif et doux; son nez
à peine retroussé, palpitait au-dessus d'une bouche
entr'ouverte pareille à une cerise double; enfin, son teint,
délicatement animé aux joues, semblait pétri par la main
des Grâces avec des lis et des roses. A ses pieds dormait
un chien aux longs poils soyeux et luisants, tandis que
deux agneaux frisés et parés de rubans roses paissaient
sagement autour d'elle. Jamais je n'avais rien vu qui
égalât cette beauté champêtre.

Je m'empressai de saluer très bas une aussi belle personne; je me présentai moi-même; je lui contai mes

succès passés, au théâtre, sans m'étendre sur les mésaventures qui avaient brisé ma carrière, non plus que sur
mes fonctions passagères chez le coiffeur. Enfin je ter-
minai mon compliment en m'agenouillant et en lui pro-
posant — avec tout l'art que j'avais appris à mettre dans
ces sortes de choses — mon cœur, mon génie et ma main.

Napoléon m'appliqua vers la chute des reins un coup formidable
de sa botte.

La jolie bergère ne répondit ni oui ni non ; elle continua de sourire et demeura dans son attitude d'exquise
nonchalance, comme si elle n'eût pas entendu un mot
des touchants discours que je venais de lui adresser.

Au même moment, le père Lafouine apparut au-dessus
de nous. Il m'écarta assez brutalement pour poser à côté
de la bergère un berger également en vieux saxe, vêtu
d'une culotte écarlate, d'un justaucorps mauve et tenant

des pipeaux entre ses doigts fuselés. Il était exactement de la même taille que la bergère ; et quand le père Lafouine les eut placés l'un et l'autre d'une certaine manière, ils se regardèrent en souriant.

— Voilà tout à fait votre affaire, madame, dit alors le patron à une jeune dame élégante, qui, inclinée elle aussi au-dessus de l'étalage, regardait attentivement les figurines : on ne saurait former un plus joli couple.

— Eh bien, c'est convenu, monsieur Lafouine, unissons-les, voici la dot.

Et tout en riant, la jeune dame mit quelques pièces d'or dans la main du brocanteur. Aussitôt, Lafouine enleva les deux personnages ainsi mariés à mon nez et à ma barbe ; il les enveloppa avec soin dans de la paille, la jeune dame prit le paquet..... et jamais plus je ne revis la jolie bergère dont j'avais rêvé de devenir l'époux.

Ce nouveau malheur m'accabla d'un chagrin inexprimable. Je passai les jours qui suivirent dans la détresse la plus profonde entre le vieux Temps immobile et le grand Empereur silencieux.

Enfin, désolé à mourir, j'eus la pensée ambitieuse de chercher quelque consolation auprès de Sa Majesté Napoléon Ier.

— L'empereur est bon sous sa rude enveloppe de marbre, me dis-je ; trahi par la fortune, qui est femme, il saura mieux qu'un autre compatir à ma disgrâce. Sire ! commençai-je...

Mais il ne me permit pas d'en dire plus long.

— Que me veut ce lugubre cabotin? Se croit-il un Talma, par hasard, pour converser avec les empereurs?

A ces exclamations, Napoléon n'ajouta qu'un geste

Je fus acheté, pour quelques sous, par un individu qui avait presque aussi mauvaise mine que moi.

aussi bref que précis. D'une main, il me fit pirouetter sur moi-même; puis il m'appliqua vers la chute des reins un coup si formidable de cette botte sous laquelle avait tremblé l'Europe que, traversant la vitrine comme un boulet de canon, j'allai m'aplatir sur le trottoir, au milieu des débris de ferraille accumulés devant la boutique!

Soit que Lafouine ne se fût pas aperçu de mon malheur, soit qu'il le jugeât mérité, il m'abandonna à mon triste sort. Je demeurai là désormais, sur le pavé, exposé à toutes les intempéries de l'air, parmi les objets de rebut : vieux chenets, squelettes de parapluies, sabres rouillés, et pots ébréchés.

Tous les chiens du quartier eurent vite lié avec moi des relations familières dont je me fusse fort bien passé. Ils venaient me flairer tour à tour, puis me manquaient de respect à l'envi. Mes vêtements devinrent des haillons sordides et mal odorants ; ma face, délavée par tous les genres de pluie, n'avait plus figure humaine.

C'est dans ce piteux état que je fus acheté, pour quelques sous, à la nuit tombante, par un individu qui avait presque aussi mauvaise mine que moi.

# CHAPITRE IX

## Je deviens l'heureux époux
## de Pâquerette.

L'homme qui m'avait acheté m'emporta loin, très loin, à l'autre bout des faubourgs de la ville. Où cela, au juste ? Je n'en ai jamais rien su. Je me souviens seulement d'une grande place ronde où s'élevaient de hautes colonnes de pierre, surmontées chacune de la statue d'un personnage couronné. Tout autour de la place, les chevaux de bois, vélocipèdes et autres animaux de courses, qui tournent en rond au son de l'orgue à trompettes sur les places publiques, dormaient sous leurs hangars de toile. Au delà s'étendait une double rangée de bâtisses foraines, loteries, entre-sort, tirs, montagnes russes, etc.

Nous nous engageâmes, l'un portant l'autre, dans cette avenue bariolée ; et mon cœur se mit à battre avec force lorsque j'aperçus, au milieu des autres attractions, plusieurs théâtres qui semblaient au moins aussi importants que celui du sieur Fantochard.

Etait-ce vers l'un d'eux que nous nous dirigions?

Allais-je retrouver une seconde jeunesse et de nouveaux triomphes ?

Pourquoi pas?

Il eût suffi pour cela d'un rapin habile qui m'eût rendu l'éclat de mes premières années, comme l'avait fait, une fois déjà avec succès, l'ami de l'infortuné Potiquet.

Rempli de cette idée consolante, je sentis reverdir tout au fond de mon être l'espérance toujours vivace qui, à mesure que je vieillissais, jetait en moi des rameaux toujours plus touffus, pour mieux cacher la place désormais aride où s'étaient flétries mes premières illusions!

Parvenu en face de l'un des théâtres, dont je ne pouvais lire le nom à cause de l'obscurité de la nuit, mon nouveau maître passa derrière une longue baraque basse, qui s'appuyait contre une étrange maisonnette montée sur quatre roues.

— C'est toi, Fil-de-Fer? cria de l'intérieur une voix enrouée. Tu as trouvé ton affaire?

— Oui, c'est moi, Phémie! Je ramène le prétendu.

Et l'homme, gravissant un escalier de quelques marches, pénétra dans la maison roulante.

— Voilà l'objet; je ne l'ai pas payé cher, déclara Fil-de-Fer en m'exhibant à la clarté de la lampe. Maintenant on va lui faire sa toilette.

En disant ces mots, Fil-de-Fer m'étendit sur la table; puis il s'en fut chercher, dans un vieux buffet de cuisine, trois ou quatre pots pleins de couleur... et ma toilette commença.

Hélas! ce n'était plus la main savante et légère de l'artiste, ami de Potiquet. Les durs pinceaux de Fil-de-Fer me barbouillaient rudement le visage, et sa couleur empestait l'huile à quinquets. En ou-tre, de temps en temps, à l'aide d'un vieux couteau ébré-ché, il me tailladait les joues, me ro-gnait un bout de nez, ou creusait les orbites de mes yeux afin d'en rendre le globe plus saillant.

Quand cette opé-ration fut terminée, je fus affublé d'un

Tout autour de la place, s'étendait une longue rangée de bâtisses fo-raines.

pantalon jadis noir, tout rapiécé au genou, d'un plastron de chemise en papier d'emballage orné d'une cravate de même métal et d'une sorte de petite veste en lustrine, toute déformée et reprisée, que Fil-de-Fer appelait pom-peusement : l'habit noir.

— Et maintenant, dodo tout le monde ! ordonna mon maître en m'asseyant sur une chaise de paille défoncée;

demain, on présen-
tera ce jeune homme
à sa fiancée.

. . . . . .

Le lendemain,
après son déjeuner,
Fil-de-Fer me mit
sous son bras et
m'emporta dans la
baraque basse et lon-
gue qui s'étendait
devant la roulotte.
Sur l'enseigne, tra-
cée grossièrement en
lettres jaunes sur un
fond bleu atrocement
criard, on lisait :

C'était une longue baraque basse, qui s'a-
dossait à une étrange maisonnette montée
sur quatre roues.

LA NOCE A AGLAÉ

Dans la baraque une longue file de marionnettes,
toutes plus vilaines les unes que les autres, siégeaient
côte à côte. Une place était demeurée vide à côté d'une
horrible mégère vêtue d'une robe blanche et cou-
ronnée de fleurs d'oranger, qui étalait sans vergogne
son front plâtré de céruse, ses joues saignantes de
vermillon, sa bouche tordue et son nez tellement aplati
qu'il semblait rentrer dans la face au lieu d'en sortir.

— Mademoiselle Aglaé, voilà votre futur, M. Totor !
Embrassez-le, ma belle, s'écria Fil-de-Fer en me frot-
tant la figure contre celle de la laide commère. Là ! et
maintenant, en place pour la mairie !

Ayant dit, Fil-de-Fer, sans même remarquer mes
protestations indignées, m'assit brusquement à côté d'elle
en m'empalant sur une sorte de ferrure pointue, disposée
pour cet usage. Il m'attacha aux pieds une petite masse
de plomb, puis,
d'un vigoureux re-
vers de main, il me
fit basculer deux ou
trois fois en arrière,
la tête en bas et les
pieds vers le ciel.

— Ça ira, fit-il
ensuite d'un air sa-
tisfait, j'espère que
vous ne craignez
pas les congestions,
jeune homme ; c'est
très malsain dans
votre nouvelle pro-
fession... Allons,
bonsoir la société ;
il n'y a plus qu'à
attendre les clients.

Je fus affublé d'un pantalon jadis noir et d'une
petite veste en lustrine, toute déformée et
rapiécée.

De quels clients voulait-il parler? je ne devais le savoir que trop tôt.

Pour me distraire de la pénible immobilité à laquelle j'étais réduit, je commençai l'examen de mes voisins et

— Eh bien, mon vieux Totor, est-on heureux d'avoir épousé sa petite Aglaé?

d'abord du triste laideron auquel j'avais été marié par violence et sans aucun consentement de ma part.

— Eh bien, mon vieux Totor, me dit ma voisine en essayant d'adoucir sa voix raboteuse, est-on heureux d'avoir épousé sa petite Aglaé?

— C'est infâme ! m'écriai-je, révolté d'un pareil sans-
gêne. Je proteste contre ce mariage abominable ; et
d'abord je ne m'appelle pas Totor, mais bien le prince
Coquelicot !

M^lle Aglaé-Pâquerette reçut en pleine figure une énorme balle qui
la fit culbuter en arrière.

— Coquelicot ! Vous avez dit Coquelicot !... Vous
seriez... Ah ! mon pauvre ami !

— Comment ! votre ami ?

— Coquelicot, sous ce nom d'Aglaé que je déteste
autant que vous celui de Totor, reconnaissez Pâquerette,

cette ingrate Pâquerette qui eut le tort de vous délaisser
pour un autre et qui s'en voit bien punie à présent!

— Pâquerette! mais non, ce n'est pas possible! La
charmante Pâquerette avec cette horrible figure! Vous
vous moquez de moi, madame Aglaé.

— Nullement, Coquelicot, reprit la dénommée Aglaé,
qui retrouva, pour dire ces mots, un petit accent aigre,
piqué et impertinent, auquel je reconnus, en effet, mon
ancienne fiancée. D'abord je ne suis pas horrible comme
vous le dites; sans doute, j'ai un peu changé; qui ne
change pas avec les années? Et vous-même, Coquelicot,
pensez-vous donc être comme autrefois? Si vous pouviez
vous voir dans une glace, vous ne vous permettriez pas
de trouver les autres horribles.

— Pâquerette! il est impossible que je sois devenu
aussi hideux que vous?

— Voyez-vous ça! insolent, malotru, goujat, canaille!

A cet instant, comme si le destin eût voulu punir mon
ex-fiancée de sa méchanceté, elle reçut en pleine figure
une énorme balle qui la fit culbuter en arrière.

Une seconde balle, lancée à toute volée sur mon propre
nez, me renversa côte à côte avec elle.

— Qu'est-ce que cela? hurlai-je plein d'épouvante,
tandis que j'essayais en vain de me redresser.

— Ça! c'est les clients qui arrivent! dit d'un
ton philosophique, en tombant à mes côtés sous une
troisième balle, la vieille marionnette qui, dans *la*

*Noce à Aglaé,* tenait le rôle peu enviable de belle-mère.

. . . . . . . . . . . . . . .

Je compris tout : Pâquerette et moi nous figurions la mariée et le marié dans un jeu de massacre.

Jusqu'à la nuit et fort avant dans la nuit, aux lumières,

Pâquerette et moi, nous figurions la mariée et le marié dans un jeu
de massacre.

ce supplice, nouveau pour moi, se renouvela toutes les minutes.

Après la belle-mère, à qui la férocité populaire réservait ses plus éclatantes faveurs, Pâquerette et moi étions le plus souvent frappés par ces infâmes balles, toutes moites de la sueur des mains qui nous les lançaient.

Certes, depuis qu'elle était devenue mon épouse

malgré moi, dans cet enfer abominable, je n'aimais plus Pâquerette; mais je ne pouvais oublier combien je l'avais aimée!

Et, réellement généreux pour la première fois de ma vie, je m'efforçais à chaque chute, de paraître encore plus grotesque que je ne l'étais naturellement pour détourner d'elle sur moi-même le plus de coups qu'il était possible...

Le matin suivant, la baraque étant fermée, nous échangeâmes le récit de nos malheurs.

L'histoire de Pâquerette était à peu près telle que je l'avais prévue. Bientôt négligée, puis méprisée et maltraitée par l'ignoble Zinzolin, elle avait enlaidi peu à peu et était dégringolée comme moi-même, des premiers aux plus bas emplois; enfin un jour était venu où elle avait dû quitter définitivement le théâtre pour jouer le principal rôle dans *la Noce à Aglaé*.

— Je n'ai pas eu à faire grand chemin pour cela, Coquelicot, me dit en soupirant la pauvre Pâquerette, tenez! regardez devant vous?

J'obéis et pus à peine retenir un cri d'horreur; le théâtre qui déployait devant nous les magnificences de sa façade, c'était celui de l'illustre Fantochard lui-même, le théâtre de mes débuts, de mes triomphes et de mes chutes!...

# CHAPITRE X

# La vengeance de Polichinelle

Cependant nous n'avions pas encore épuisé toutes les hontes !

A l'ignominieux traitement que nous subissions tous les jours, vinrent bientôt s'a-jouter les sarcasmes et les outrages du sieur Polichinelle, toujours superbe et bien por-tant, lui, toujours pensionnaire du théâtre Fantochard, qui, après chaque représentation, venait haranguer la foule à l'entrée du théâtre.

— Mesdames, messieurs, commença Polichinelle.

Le misérable nous avait reconnus et, depuis, nous ser-vions de thème à ses odieux boniments.

« Voyez, s'écriait-il, voyez, messieurs et mesdames, la

« puissance d'une affection durable et vraie! Ces deux
« époux que vous apercevez en face de vous, dans l'éta-
« blissement de l'honorable 'M. Fil-de-Fer, ces deux
« époux qui dégringolent tour à tour et parfois simulta-
« nément sous les projectiles des adroits tireurs, c'est la
« célèbre Pâquerette et le non moins illustre prince Co-
« quelicot, ex-premiers rôles des Fantaisies-Fantochard!
« Ils ont triomphé, comme vous pouvez le constater, de
« tous les obstacles qui s'opposaient à leurs vœux. Main-
« tenant les voici enfin réunis, un peu décatis l'un
« et l'autre, sans doute, mais arrivés tous deux à
« une situation qui, pour être mouvementée, n'en
« est pas moins enviable, pleine de dignité et d'a-
« grément.

« Ne les oubliez pas en quittant notre salle, messieurs
« et mesdames! Daignez honorer de quelques balles bien
« ajustées ces deux grandes figures du théâtre contempo-
« rain.

« Cela leur rappellera agréablement les succès qu'ils
« ont remportés, ici même sur cette scène où vous venez
« d'applaudir leurs très humbles successeurs. Au revoir,
« messieurs et dames, faites-en part à vos amis et con-
« naissances, et revenez nous voir quand vous voudrez
« rire en société! »

Le public, toujours lâche et ingrat, suivait à la lettre
les abominables conseils du pitre. En sorte que la pauvre
Pâquerette et moi n'étions plus relevés que pour tomber

l'instant d'après sous les bras infatigables de nos bour-
reaux.

Chose étrange : les cortèges de noces qui faisaient un

tour de fête, au
lieu de s'atten-
drir sur notre
malheureux
sort, nous ac-
cablaient, au
contraire, avec
un acharne-
ment spécial. Et
j'arrivai à être
tellement hanté
par ce spectacle

Les cortèges de noces, qui faisaient un tour de fête,
nous accablaient avec un acharnement spécial.

de mariées et de mariés brandissant des balles, qu'une
nuit je fis ce rêve singulier :

A notre place, dans le jeu de massacre de Fil-de-Fer, était rangée l'une
des noces qui, la veille, nous avait livré les plus rudes assauts.

Nous, les pauvres marionnettes bafouées et battues
sans trêve, nous étions devenues libres et maitresses de
nos mouvements. Nous parcourions la fête à notre tour,
moi, Coquelicot-Totor, donnant le bras à Aglaé-Pâquerette, et la vieille belle-mère sur nos talons. A notre
place, dans le jeu de massacre de Fil-de-Fer, était
rangée, au grand complet, l'une des noces qui, la veille,
nous avait infligé les plus rudes assauts.

Ah! garnement! quelle savoureuse revanche! Pâquerette y allait de tout cœur, j'étais inlassable, et la vieille
belle-mère, lançant une balle de chaque main, faisait
chaque fois coup double. Mariée et marié, beaux-parents
et témoins, garçons et demoiselles d'honneur, tous ils s'é-
croulaient sans cesse et sans répit, les uns à côté des
autres.

C'est la seule fois de ma vie où je goûtai dans toute sa

plénitude le plaisir de la vengeance... et comme c'est là un assez vilain sentiment, je me réjouis de ne l'avoir éprouvé qu'en rêve.

Enfin, un jour de Fête nationale, survint l'événement cruel, mais salutaire, qui m'arracha définitivement à mon supplice.

Un brave citoyen de campagne, ayant trouvé que je ressemblais au gouverneur de la Bastille, qu'il n'avait jamais vu, voulut célébrer à sa façon la prise de cette forteresse en canonnant ma pauvre figure à l'exclusion de toutes les autres.

Fil-de-Fer obligea le villageois tout penaud à me payer un bon prix.

Vingt fois, trente fois de suite, il m'abattit impitoyable-
ment. A chaque coup, il avançait d'un pas. Finalement
il s'approcha tellement, pour frapper plus fort, que ce fut
son poing et non la balle qui m'arriva en pleine figure et
me détériora si bien que je fus hors de service, même
pour un jeu de massacre.

Fil-de-Fer fit grand tapage à ce sujet et obligea le villageois tout penaud à me payer un bon prix. Moyennant
quoi, l'homme qui en voulait pour son argent, m'emporta
sous son bras et m'amena dans ce pays où j'espère bien
finir mes jours tranquillement.

Mais, vois-tu, garnement, je ne fais que songer à ma
pauvre Pâquerette ! Dans le cauchemar de mes nuits, je
vois sans cesse sa pauvre figure grimaçante giflée par les
balles, et son pauvre corps souffrant renversé dans la
poussière.

En finissant ces mots, l'épouvantail fit entendre un tel
sanglot que le petit Rodolphe fondit en larmes, et que
dans les arbres d'alentour tous les oiselets se turent, res-
pectueux de cette naïve douleur.

# EPILOGUE

# ÉPILOGUE

## \* \*

Après quelques instants de silence, l'épouvantail, enfin remis de son émotion, reprit la parole en ces termes :

Quand mon nouveau propriétaire rentra chez lui dans sa petite ferme de Gasluis, près de Montfort-l'Amaury, et qu'il m'exhiba aux yeux de la grosse commère que le ciel lui avait donnée pour épouse et pour ménagère, celle-ci jeta de beaux cris :

— Quoi que c'est que c'te machine-là ? En vl'à une vilaine poupée ! Où qu't'as pris ça, mon homme, et qué que tu veux en faire ?

— Ça, dit le mari assez penaud, c'est une figurine que j'ai eue à la foire.

— A la foire ! tu l'as peut-être bien gagnée dans une loterie ou dans un tir alors ; mais t'as choisi un drôle de lot, mon homme ; t'aurais mieux fait d'rapporter une belle suspension en cuivre ou une douzaine de tasses à café. C'est des choses utiles, ça, dans un ménage. Mais quoi

faire de c'te vilain pantin? Enfin, n'est-ce pas, tu l'as
gagné, ça te regarde. T'as t'y point trop dépensé au moins
à c'te foire de Paris : montre-moi voir ici ton porte-monnaie?

A cette dernière injonction, le fermier fit une terrible
grimace et puis commença une histoire extraordinaire,
qui s'embrouillait dans des tas de détails absolument
inutiles, sans en arriver jamais à la fin finale, c'est-à-dire
aux circonstances qui avaient accompagné mon acqui-
sition.

La fermière écoutait tout ce bavardage d'un air mé-
fiant, et répétait d'un air obstiné toutes les cinq minutes :

— Fais donc voir ton porte-monnaie.

Devant cet entêtement invincible, le mari comprit
qu'il n'aurait pas le dernier mot et qu'il était préférable
de tout avouer.

Il se décida donc à raconter l'affaire du jeu de massacre.

Mais quand elle sut que son homme m'avait payé au
sieur Fil-de-Fer deux beaux écus de cinq francs, sa fureur
ne connut plus de borne.

Elle s'écria que son mari était un monstre, qu'il avait
juré de les mettre sur la paille, et qu'il fallait être fou
pour dépenser une pareille somme pour un moineau de
mon espèce.

Ce mot de moineau fut une révélation pour le pauvre
fermier, qui, abasourdi par les plaintes de sa femme,

n'osait plus ouvrir la bouche depuis un moment.

Il se dit que le vilain moineau que j'étais ferait merveille dans ses vignes pour écarter les vrais moineaux du raisin.

Reprenant son autorité, il imposa silence à son épouse et s'occupa incontinent de me transformer comme il convenait pour mon nouveau métier.

En conséquence, il appela le rebouteux qui me soigna, me rempluma tant bien que mal avec de l'étoupe, et me consolida, aux endroits faibles, avec une solide ficelle enduite de poix.

Remarquant alors que j'avais encore fort bonne mine, il me confia au peintre en bâtiments avec ordre de changer ma figure grotesque en une physionomie rébarbative et redoutable à souhait. Cet ouvrier de campagne fit tout de son mieux, je dois lui rendre cette

Quand mon nouveau propriétaire rentra chez lui...

justice ; et vraiment, quand je m'aperçois dans une flaque d'eau miroitante, je constate que j'ai conservé, malgré tout, d'assez beaux restes de ma splendeur passée.

Ainsi raccommodé et rafraîchi, je fus installé dans cette vigne en qualité de gardien-concierge.. Evidemment, ce n'était pas la carrière glorieuse à laquelle mes mérites exceptionnels semblaient me prédestiner. Mais enfin tout est relatif : pour une marionnette qui a été enseigne chez un coiffeur, et tête à massacre dans un jeu de foire, c'est encore une retraite très honorable. D'ailleurs, l'air est sain, le paysage agréable et, grâce à ma modération, je m'entends fort bien avec tous mes voisins.

Ah! dame! je ne l'ai pas attrapée du premier coup cette sage modération! Au début de mes fonctions, j'étais impitoyable! je ne tolérais la présence d'aucun oiseau, ni dans la vigne, ni autour de la vigne.

· Mais je m'aperçus bien vite qu'avec cette sévérité tout devenait silencieux autour de moi ; pas un gazouillement ne s'élevait dans le voisinage ; pas un souffle de zéphyr ne se risquait sous les pampres ; c'est à peine si la vigne osait pousser.

Alors je jugeai indispensable de me départir d'une si affligeante rigueur ; je me mis à faire la sourde oreille aux bruissements d'ailes un peu proches ; sans avoir l'air de rien, je virais sur mon pivot de manière à avoir le dos tourné, quand une oiselle, bravant toute crainte, venait cueillir un grain de raisin pour sa petite famille.

Ainsi, peu à peu, tout ce petit peuple ailé, si effarouché naguère, rétrécit lentement autour de moi le cercle affectueux de son vol. Aujourd'hui, je puis bien

l'avouer, les moineaux ne me craignent plus du tout. Ils
vont même un peu loin dans leur familiarité, comme
tu peux t'en apercevoir aux petites taches blanches qui
émaillent mon vêtement.

J'ai beau m'agiter, rouler des yeux, grincer et secouer
mes bras, ils n'y prêtent plus la moindre attention.
Moi, n'est-ce pas, je n'y peux rien, j'exécute ma con-
signe ; je me démène consciencieusement comme je le

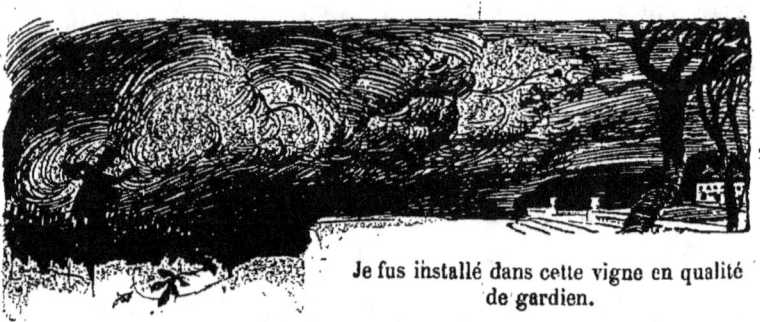

Je fus installé dans cette vigne en qualité
de gardien.

dois, le reste les regarde.

Dans les autres vignes, on se moque de moi, je sais ;
on dit que je suis un épouvantail pour rire. Tant mieux,
petit, et maudite soit l'heure où je deviendrais un épouvantail qui fait pleurer...

Adieu, Rodolphe, souviens-toi que la vie est une reine
capricieuse qui se joue à son gré de nos vanités et de nos
ambitions, même les plus légitimes ; et que le mieux à
faire, durant le temps où l'on subit ses hasards, c'est
d'être simple, bon et compatissant envers les autres, dus-
sent-ils oublier de l'être avec nous. Souviens-toi de l'épou-

vantail qui eut son heure de célébrité, qui fut un grand artiste et se résigna à devenir un bonhomme ; enfin, qui, vieilli, fatigué, meurtri par l'existence, cherche l'oubli de ses peines en faisant de la joie autour de lui.

Allons, Rodolphe, adieu, mon petit, le jour tombe. J'espère que tu penseras à moi et que, de temps en temps, quand tu reviendras dans le pays, tu passeras par ma vigne pour faire un bout de causette... Mais ne tarde pas trop, cher garnement ! Tous les jours, j'entends dans mes membres des craquements de plus en plus significatifs : il est bien probable, vois-tu, que désormais je ne ferai plus de vieux bois ici...

Pschitt! Pfutt! Fritt! fritt! fritt! Pouh!...

— Voyons, assez là-bas, vous, les deux grives; en voilà une conduite! Vous êtes, sur ma parole, ivres comme des moinelles de Pologne !

Mais les deux bestioles, très prises de raisin, en effet, ne s'épouvantèrent nullement des cris et des gestes du bonhomme. Malgré ses gros yeux et sa face rubiconde, elles approchèrent en tournoyant, se perchèrent sans vergogne sur le sommet de sa tête et de là lancèrent dans l'espace une cascade perlée de trilles et de roulades, pour prendre congé du soleil qui, sa journée finie, s'en allait paisiblement coucher sous son édredon de nuages roses...

# TABLE

Paris.—Imp. PAUL DUFONT (Cl.) 144, rue Montmartre. 339.9.1905

Imprimerie PAUL DUPONT
144, rue Montmartre ❧ PARIS

www.ingramcontent.com/pod-product-compliance
Lightning Source LLC
Chambersburg PA
CBHW051146260626
47170CB00005B/1990